DU MÊME AUTEUR

Derniers ouvrages parus

UN CANDIDE EN TERRE SAINTE, *Gallimard*, 2008.

LE MOMENT FRATERNITÉ, *Gallimard*, 2009.

LES CAHIERS DE MÉDIOLOGIE. UNE ANTHOLOGIE, *CNRS Éditions*, 2009.

ÉLOGE DES FRONTIÈRES, *Gallimard*, 2010.

DÉGAGEMENTS, *Gallimard*, 2010.

DU BON USAGE DES CATASTROPHES, *Gallimard*, 2011.

JEUNESSE DU SACRÉ, *Gallimard*, 2012.

MODERNES CATACOMBES, *Gallimard*, 2012.

LE BEL ÂGE, *Flammarion, Café Voltaire*, 2013.

LE STUPÉFIANT IMAGE. DE LA GROTTE CHAUVET AU CENTRE POMPIDOU, *Gallimard*, 2013.

L'ERREUR DE CALCUL, *Éd. du Cerf, « Le Poing sur la table »*, 2014.

UN CANDIDE À SA FENÊTRE. DÉGAGEMENTS II, *Gallimard*, 2014.

CARNETS DE ROUTE. ÉCRITS LITTÉRAIRES, *Gallimard, « Quarto »*, 2016.

ALLONS AUX FAITS. CROYANCES HISTORIQUES, RÉALITÉS RELIGIEUSES, *coédition Gallimard, France Culture*, 2016.

CIVILISATION, *Gallimard*, 2017.

BILAN DE FAILLITE, *Gallimard*, 2018.

Avec Didier Leschi

LA LAÏCITÉ AU QUOTIDIEN. GUIDE PRATIQUE, *Gallimard, « Folio Le Forum »*, 2016.

DU GÉNIE FRANÇAIS

RÉGIS DEBRAY

DU
GÉNIE FRANÇAIS

nrf

GALLIMARD

Qu'il y ait toujours à notre porte cette aube immense appelée mer.

SAINT-JOHN PERSE

Henri Beyle est à mes yeux un type d'esprit bien plus qu'un homme de Lettres. Il est trop particulièrement soi pour être réductible à un homme de Lettres.

PAUL VALÉRY

En art, le contre n'existe pas.

ANDRÉ MALRAUX

I

UNE ÉLECTION CRUCIALE

On me cache tout. J'ai l'habitude, depuis le temps. Qui a cure des retraités illectroniques ? Il aura fallu un lanceur d'alerte – le secret sera ici respecté – pour avoir vent d'une opération récemment menée sous le manteau, dont on ne m'avait soufflé mot quoiqu'elle engage l'avenir du pays : la désignation statutaire de « l'écrivain national ». Celui qui donnera son nom, entre autres, au pavillon français de la prochaine Exposition universelle. Ayant appris que nos concurrents et voisins intituleront le leur, contre toute attente, qui Shakespeare, qui Dante, qui Pouchkine, qui Andersen, qui Camoens, qui Confucius, et ainsi pour chaque pavillon, la présidence de la République, s'étant finalement avisée de l'utilité des corps intermédiaires, a demandé à la Société des Gens de Lettres de lui indiquer quel nom retenir, une fois pris l'avis des sociétaires les plus éminents. On peut faire confiance à cet établissement reconnu d'utilité publique, et qui eut pour présidents, depuis sa fondation en 1838, Victor Hugo, Émile Zola et François Mauriac, pour prendre du recul sur la coqueluche du jour, et savoir ce qu'en vaut l'aune. A donc été soumise à un panel de grands électeurs, avec une clause de confidentialité, une première liste de valeurs sûres pour tâter le terrain, avant un second tour de scrutin sur une base électorale élargie. J'apprends que mes éminents confrères, si je puis dire sans me pousser du col, ont déjà blackboulé Molière, pour misogynie petite-bourgeoise, Pascal, pour incitation aux jeux de hasard, Racine, pour élitisme, Chateaubriand, pour poses et draperies, Balzac, pour surpoids, Flaubert, pour abus de gueuloir et mépris de classe, et le Bonhomme La Fontaine, comme trop attendu, consensuel et scolaire. Mortifiant dézingage.

Précisons que cette consultation menée sans bruit, auprès du *nec plus ultra*, s'est déroulée à l'automne 2018, avant le deuil national suscité par l'incendie qu'on sait. Peu importe. Outre qu'une pléiade d'auteurs aime à se démarquer du *vulgum pecus*, il y a des alvéoles dans le ministère intellectuel, et entre le bien-écrire et le bien-penser, c'est assez cloisonné. Ayant appris que mes cogitations m'ont amené à ruminer, depuis un demi-siècle, la « question nationale », la Société compétente a daigné m'associer, *in fine*, à son enquête. Conscient ô combien des enjeux, j'ai mis mon mouchoir sur l'amour-propre – à mon âge, une avanie de plus ou de moins… –, sans cacher mon soulagement d'être raccroché au train, à titre de stagiaire autorisé à dire son mot et à participer au vote final, public celui-là, et irrévocable. Me fut du même coup passé commande d'un rapport sur les enjeux d'un verdict dont j'ai tout lieu de craindre, sans vouloir médire de nos pontifes, qu'il soit irresponsable.

Et pour cause, si j'en juge par les résultats du premier tour. Évacuées les candidatures de témoignage, ont émergé du jeu de massacre deux monuments : Stendhal et Hugo, dans l'ordre, 56-44. Je tombe des nues. Certes, c'était avant Notre-Dame en flammes et la flambée de son champion, dont on me dit qu'elle risque d'être sans lendemain. C'est bien pourquoi je crois devoir prendre les devants. Je viens d'un monde où la royauté de Victor Hugo ne faisait pas question, même si lui et Stendhal figuraient en tandem dans les années cinquante du siècle dernier comme premiers de liste des *Écrivains de toujours* – une cinquantaine de monographies illustrées que j'ai conservées et aime encore à feuilleter. Les ans glissent-ils si vite ? Notre amour-propre aurait changé de monture, mine de rien ? Craignant de passer une fois de plus pour un scrogneugneu irrécupérable, me voilà avec un drôle de dossier sur les bras : à qui confier la représentation internationale du génie national ? Tous les rapports d'experts ou supposés tels finissent dans un tiroir. J'ai décidé de divulguer celui-là, « Causes et effets d'un choix qui tire à conséquence ». Transparence oblige. Quand l'honneur du pays est en jeu, les cachotteries ne sont plus de mise.

Pourquoi, me demanderont les grincheux, venir à la rescousse d'une opération de marketing et d'affichage, où il n'en va ni de la fin du monde ni de nos fins de mois ? N'avons-nous pas plus urgent à trancher : taxes sur le tabac et les carburants, prime d'activité, remboursement des couronnes dentaires et prothèses auditives (toutes choses qui retiennent l'attention, passé un certain âge) ? Je ne le conteste pas, mais ne puis tenir pour roupie de sansonnet le choix d'une figure à travers laquelle une nation prend conscience d'elle-même, et engage, de ce fait, son avenir. Plusieurs motifs à cela, du plus futile au plus stratégique.

Sauver la face, d'abord, devant la concurrence. Nos amis européens (et pas seulement eux) n'ont plus d'hésitation sur la vitrine ou le médaillon, chacun son plénipotentiaire. Ils ont fait leur choix, et ils y tiennent autant qu'il les tient – pour leur Institut à l'étranger, la jaquette de l'album photos, le dépliant à l'agence de tourisme. Chez eux, c'est officiel, enregistré, certifié, gravé dans le marbre et le timbre-poste. Et nous, on se planque, de peur de se planter ? On continue de regarder ses souliers, on fait hum ! faut voir ! pas si simple ! Ce n'est plus tenable. Je n'ignore pas notre handicap, l'embarras du choix. Trop de candidats crédibles à la fonction allégorique, cathartique et diplomatique. Aucun nom ne s'impose à première vue parce que hors de proportion avec les confrères, profusion de talents qui appauvrit notre *benchmarking*, comme disent mes commanditaires. Raison de plus pour tailler dans le vif, sans barguigner. Afin qu'une figure de proue puisse être mise hors eau, une fois pour toutes, au-dessus des fluctuations de cote et des vogues saisonnières (qui nous valent, à l'heure qu'il est, une Beauvoir « en forme » et un Sartre « en panne », un Bardamu à la hausse et un Cripure à la baisse). Là où en revanche se sont installés l'Anglais, l'Italien, l'Espagnol *absolu*, là où

« l'âme d'un peuple devient l'âme d'un homme », c'en est fini du flou : le bronze est coulé, on peut dormir tranquille. Plus besoin de courir à gauche et à droite.

Entendons-nous bien. Comme la guerre aux militaires, la littérature est une chose trop sérieuse pour être confiée aux littérateurs. Difficile de le faire comprendre aux gratte-papier, qui se croient au centre du jeu et capables de préempter le mystérieux mariage, improgrammable, entre un solitaire en proie à ses démons et l'image angélique qu'une nation se donne d'elle-même. Les meilleurs redoutent de voir noyer leur œuvre sous des échos d'emprunt, et eux-mêmes tourner au poète lauréat, célébrité académique, ambassadeur de la pensée française ou bête de foire. Jean-Paul Sartre et Julien Gracq ont mis le point sur les i : n'allez pas faire de nous des importants, des chargés de mission ni des trésors nationaux. Reportez sur d'autres la demande sociale de grand homme. Sartre tient à sauvegarder « l'entreprise hasardeuse d'un homme seul ». Il engage ses confrères à secouer « la meute d'hommages qui les coiffe » et à prendre leurs risques sans supputer l'issue finale. « La fortune d'une œuvre à travers les siècles, c'est la part du diable. » Et Gracq se moque des grenouilles du marais gonflées au flash et en couleurs. Soit. Le fait littéraire est un pied de nez à *Gala* et tout ce qui tend à l'officialiser ne peut que lui couper les ailes. Le culot du poète réclame un *déphasage*. Ces scrupules font honneur aux récalcitrants. Il n'empêche que toute société vivante est une machine à fabriquer des porte-drapeau autant que possible héroïques. Elle n'a pas à demander leur avis aux innocents qu'elle prend en otage pour se renflouer. À bon escient : un capital d'orgueil qu'on ne fait pas fructifier fond comme neige au soleil.

S'agissant de l'insigne visible d'un amour-propre invisible, j'aperçois, de plus, un dangereux trou dans le patrimoine et qui ne peut hélas compter, celui-là, sur les dons d'opulents mécènes. Pas de cagnotte ni de loto en vue. Or le temps file, l'arrière-saison aussi, cela s'appelle le crépuscule, femme Narsès. Je parle pour nous, les porte-plume. L'absolu – faut-il s'en plaindre ou s'en réjouir ? – est relatif au temps qu'il fait comme à celui qui file. « Tous, nous sommes les fils de la conversation, de la lecture et de la tradition », opinait Michelet. Oui, mais l'ouvrage relié pleine peau et la chauffeuse près de la cheminée ont déjà rejoint l'écomusée car nous avons muté en rejetons de l'image et du son. Comme notre esprit se calque sur nos prothèses, et notre mémoire sur l'écosystème, il y a, à chaque génération, un darwinisme de la gloire, une sélection du plus apte, d'où vient l'impitoyable tri de la vidéosphère parmi les candidats à la devanture. L'écrit en style, sauf accident, se mord la queue et tourne en rond. La vieille religion littéraire a beau se survivre à coups de subventions, pubs, foires, festivals, résidences et Goncourt, l'encombrement des librairies n'empêche pas les désertions. La France entend toujours se doter d'une voix et d'un visage, mais les ados ont d'autres autels : ils écoutent et ils visionnent. Branchez votre radio, ouvrez votre télé, lisez les nécros. Celui ou celle qui « nous a quittés à l'âge de quatre-vingt-un ans, à la suite d'une longue maladie », c'est le comédien, le chanteur, le rocker, non le poète ou le romancier. Le point de mire fait l'ouverture du 20 heures et des nouvelles à la radio parce qu'il y a des images à faire défiler, un son de voix à faire entendre. Ça meuble. Alors qu'avec nous, les plumitifs, la flatteuse rumeur n'a rien à se mettre sous la dent en sorte que notre trépas reste clandestin, expédié en page 13 de notre quotidien préféré, dans un « en bref ». C'est la loi sous l'audiovisuel. On n'y peut rien. Un Verbe qui se fait chair requiert désormais un micro devant la bouche, et derrière le micro, une caméra. Le commun profond ne se fabrique plus sur papier : il se met en musique et sur écran. La France, comme la Hongrie, Trinidad ou le Pérou, garde certes son lot de Prix Nobel de littérature, mais on n'en voit aucun en rock star suscitant une émeute dans la rue, avec baisers ou clins d'œil de la bouchère et du pharmacien. Les candidats à la présidence de la République font ouvrir leur meeting par Dalida ou Depardieu, et on ne les a pas vus, que je sache, solliciter Claude Simon ou Modiano (pas plus que ne l'aurait fait un Truman pour Faulkner, Hemingway ou Dos Passos). Mais Barrès, Déroulède ou Aragon ont en leur temps mobilisé des foules, et c'est Malraux, place de la République, en 1958, qui présenta de Gaulle au peuple de Paris. Dans le pays où 1789, c'était la faute à Voltaire et à Rousseau, et 1940 à André Gide et Marcel Proust, personne ne songe plus à mettre « le suicide français » sur le dos de la NRF ou des Éditions de Minuit. On enquiquine son monde en lui parlant bouquins, sauf à enchaîner de suite sur le testament de Johnny ou la dernière série Netflix. Le trésor national vivant, le monstre sacré, le délégué du génie national à l'étranger, c'est celui dont le pied laisse une trace sur le *Walk of Fame* d'Hollywood Boulevard. C'est Montand ou Aznavour (180 millions de disques) ou, *intra-muros*, Johnny. Donner sa couleur à l'époque, accompagner nos joies et peines, faire vibrer plusieurs générations de suite, ce n'est plus dans les moyens du noircisseur de pages. L'imprimé a cessé d'imprimer. Plus compétitif. Seuls les bons restaurateurs parisiens et les clercs de notaires donnent encore du « Maître » au folliculaire. C'est le show-biz et le stade qui mènent la danse et concentrent les honneurs, les réseaux et les hommages présidentiels. De l'image à l'image, c'est en circuit fermé qu'on est sûr de se faire voir et entendre des populations. Nos icônes volent aux quatre coins du monde à la vitesse de la lumière, quand le grimoire reste au piquet, empoissé dans son patois (si ce n'est pas l'anglais). Il a besoin de traducteurs pour franchir les frontières. C'est justice qu'Alain Delon ait été le parrain du pavillon français à la dernière Exposition universelle de Shanghai.

N'en reste pas moins, pour qui veut du stable, du solide et du pérenne, un luxe de première nécessité, que la patrie des industries de luxe ne saurait se et nous refuser. Images et sons perdent leur séduction plus vite que les mots, et Emma Bovary ou Odette, outre que chacun peut s'en faire une silhouette à sa guise, échappent à ce qui fane avec les ans Suzy Solidor ou Brigitte Bardot. Rien ne se démode plus vite qu'un galurin, un ruché, un rouge à lèvres, un col Claudine ou un *smoky eyes*. Ce n'est pas un hasard si la Banque de France, du temps où France il y avait, a exclu de nos coupures en francs anciens ou nouveaux Tino Rossi, Édith Piaf et même Charles Trenet. Les jeunes de plus de soixante-dix ans ont encore dans l'œil notre pléiade fiduciaire de garants et cautions régaliennes, hommes d'État, Richelieu, Henri IV et Bonaparte consul, musiciens, Debussy et Berlioz, peintres, Delacroix et Quentin-Latour, mais aussi, plus nombreux, et mieux cotés, des visages d'écrivains : Molière, Corneille, Voltaire, Racine, Pascal. Le Victor Hugo, qui de mon temps avait remplacé le Chateaubriand, valait cinq cents francs (ou cinq nouveaux francs), le Racine dix fois moins. Nous avons laissé cet étalon-or immarcescible pour le *no man's land* d'un billet de Monopoly, sans visage ni devise, sans lieu ni mémoire. Nous savons bien que le Meccano de comptables baptisé outrageusement « Europe » est appelé à se déglinguer, mais nous sommes quelques-uns à refuser que notre cher et vieux pays, faute de légende, en vienne à mourir de froid et tomber, sans mot dire, dans une trappe d'algorithmes.

Venons-en à mon dernier point, le plus décisif, et donc le plus fâcheux. Qu'on veuille bien m'en excuser : je dois parler de l'âme, sale affaire.

Sur notre boule terraquée où survit l'espèce humaine, chaque peuple, chaque canton emprunte à ses voisins, communique et échange avec eux, mais de même que les corps ont leur formule chimique, chacun a son équation propre, où se combinent climat, langue, costume, transparence de l'air, plat préféré, et place faite aux dames. Le maintien de ce fil rouge traversant les âges requiert des immortels échappant à l'usure (en dehors des titulaires, le taux de mortalité posthume étant, sous la Coupole, plus élevé qu'ailleurs). Il doit avoir, comme dirait un promoteur immobilier, un appartement témoin qui résiste au salpêtre. Parce que chaque surgeon a son naturel, qui demeure en mouvement mais insiste et persiste. L'hindou est mystique, le Chinois, mercantile, le Yankee, vulgaire, l'Espagnol, orgueilleux, etc. Ce sont des poncifs, certes, mais que l'événement ne dément pas, car une insistance de ce type, telle une note tenue, ne nie pas le devenir mais lui donne une certaine forme reconnaissable entre toutes. Ont-ils dit des bêtises, ceux qui ont attribué l'esprit de commerce à l'Angleterre, de conquête à la Russie, d'égalité à la France (le mot est présent dès la première ligne de la Déclaration de 1789), de liberté à l'Amérique (où *equal treatment* n'arrive qu'en 1868, dans le 14e amendement de la Constitution), d'organisation et de discipline à l'Allemagne (ordre, exactitude, ponctualité) ? Le thème original, bien sûr, s'entremêle et se modifie avec d'autres, mais se distingue à l'oreille comme à une portée une clé de *sol* ou de *fa*.

Cette inextinguible ligne mélodique est un je-ne-sais-quoi, un presque-rien. C'est la tonalité qu'on peut dire commune à Descartes, Le Nôtre, Hardouin-Mansart ou Racine, à savoir une économie de moyens, une éthique de la mesure, où l'homme se pose implicitement comme mesure de toutes choses, en rejetant les appels de l'infini ou les flous de l'indéfini. « Le Français, dit Élie Faure, veut du fini, du défini et du définitif. » Il ne m'échappe pas que la seule idée de continuité jure avec nos appétits de table rase et de courant d'air. À l'heure où nous nous flattons d'avoir chacun une destinée exceptionnelle, il est mal venu de rappeler que celle-ci a partie liée avec un arriéré collectif, une civilisation à évolution lente, un air de famille opiniâtre et sous-jacent. Ce *substratum* ineffaçable, ce passé-présent, c'est ce qu'une communauté ne connaît pas d'elle-même, un héritage sans testament, un état civil sans acte de naissance. Il est donc normal que nous en fassions fi, surtout si on reste chez soi, en se privant d'une douleur capitale, la plus instructive de toutes, *l'exil.* Il faut s'expatrier pour découvrir de quelle patrie on est pétri, et les civilisations, comme les paradis, n'existent que retrouvées, une fois qu'elles sont oubliées ou perdues. C'est quand je me heurte aux caractères arabes ou aux idéogrammes chinois que m'apparaît l'étrangeté de l'alphabet latin, que je prenais jusqu'alors pour un don de la nature. De même devient-on français en se retrouvant *gringo* en pleine Amérique indienne. La psychologie des peuples, qui est celle des profondeurs, a eu jadis son heure de gloire mais elle a aujourd'hui mauvaise presse (essentialisme, conservatisme, fétichisme). Plus de grappin sur le dos, plus de fil à la patte, pour nous autres feux follets qui nous voulons fils de nous-mêmes, sans dette envers quiconque. *L'esprit d'un peuple,* que Hegel appelait le *Volksgeist,* n'en a pas moins sa force de gravité. Cette réalité spirituelle concrète échappe à l'individu mais lui permet de se trouver lui-même sous une forme objective, un revenez-y insaisissable et têtu comme un fait, qui porte, chez le philosophe allemand, les noms d'âme (*Seele*) ou de génie (*Genie*). « Un homme, cela s'empêche. » Un génie, cela s'invente, mais une fois sorti de la bouteille, il n'en démordra plus.

Il n'est pas inutile de rappeler aux Français déprimés qu'ils ont du génie, eux aussi, à condition de leur préciser lequel. Un caractère national procède d'une chimie compliquée, informulée et impérieuse, aussi difficile à conjurer qu'à expliquer. C'est bien pourquoi il faut lui donner figure, pour rassurer l'indigène, au-dedans, et impressionner l'étranger, au-dehors. Ce reflet dans le miroir, c'est peut-être un beau mensonge, mais il en faut pour les placards à l'aéroport, les timbres-poste, les noms d'avenue, les boîtes de chocolats, les feuilletons télévisés et les entrées en ville.

Il y a ainsi en tout peuple une pépinière de demi-dieux, qui ne sont pas partout ni toujours des Homère ou des Virgile. Aux États-Unis, un John Wayne ou un *crooner* sublime peuvent faire l'affaire ; au Brésil ou au Japon, un architecte ; en Autriche et en Allemagne, un compositeur sans pareil, Mozart ou Beethoven. En France, ce n'est pas dans les labos, malgré Pasteur, ni dans les amphis, malgré Descartes, qu'on a cherché le paladin hors cadre, selon un cahier des charges qui met la barre très haut car il doit à la fois être au-dessus des normales saisonnières et rester notre congénère, agrandissant mais non humiliant. Un mandataire auquel chacun puisse dire : à notre meilleur, nous sommes ce que tu fus, et rêvons d'être un jour ce que tu seras toujours. C'est chez les écrivains d'imagination, la reine des facultés, la plus apte à exciter l'envie, qu'on cherche le *surnous* ravisseur. Cela exclut les moralistes – Montaigne ou La Fontaine –, les purs poètes – Mallarmé, Baudelaire ou Rimbaud. Et même les dramaturges – Molière ou Racine – à la langue souveraine, mais qui ne proposent pas une figure à laquelle s'identifier. Il est pour cet office besoin d'un accroche-cœur – d'Artagnan, Cyrano, Fabrice ou Gavroche. Et qu'au personnage mis en vitrine puisse correspondre un grain d'exemplarité chez son inventeur. Le génie, au sens talent, ne fait donc pas l'affaire : un Céline est débouté d'avance. L'idéal du *nous* permettant de faire jeu égal avec les voisins doit être grand public mais pas trop – Rocambole ou Rouletabille sont recalés –, élitiste mais pas trop – Proust est par trop Jockey Club. Il faut de la bouteille pour incarner une grandeur perdue mais qui se cherche encore. Les peuples jeunes peuvent arborer un aède encore frais, ainsi les Colombiens García Márquez, les Chiliens Neruda ou les Argentins Borges. Les peuples vieux réclament de la patine. Ni trop madérisé ni trop perdreau de l'année, le XIXe siècle fait l'affaire. Il permet de respecter le délai de viduité requis pour savoir quel vieux routier tient la route. Nos deux finalistes ont pris du champ. Laissons les contemporains pour le réassortiment.

Une question aussi névralgique ne peut se trancher à huis clos, en Conseil des ministres ou dans une séance du jeudi à l'Académie française. La fonction de phare dans la brume ne figure pas parmi les emplois à la disposition du gouvernement, et une nomination tombée de haut ferait tant de malheureux, chez les ayants droit et les thésards frustrés, qu'il s'ensuivrait un sans fin de requêtes au Conseil d'État. Écartons sommités et vedettes et rendons leur souveraineté aux vraies gens. Après un grand débat, une délibération équilibrée – avec les mêmes Heures de Vérité et prises de bec télévisées que lorsqu'il s'agit de choisir entre Durand et Dupont lequel s'en ira à l'Élysée exécuter les directives de Bruxelles pour les cinq années à venir. Cette fois, l'enjeu n'est pas municipal. C'est le choix de Celui ou Celle dont citoyens, résidents et immigrés aspirant à la naturalisation devront étudier la vie, l'œuvre, les mochetés, les amours et les faux pas sublimes, sans oublier la canne et le chapeau dans la Maison d'illustre (tarif réduit le week-end). L'idéal-type, avec un nez, des yeux et un CV. Le maître-étalon. Pour mettre fin aux atermoiements des ministères supposés compétents ; fixer le canon à observer dans tous les collèges de France ; faire que les millions de pages noircies depuis des siècles par des graphomanes ne l'aient pas été en vain. Des esprits chagrins verront là une noble façon d'enterrer nos siècles d'écrivains, *morituri te salutant* – mourir, d'accord, mais en beauté. N'écoutons pas ces Cassandre. Il ne s'agit rien moins que de remédier *hic et nunc* à la *perte de repères*, au déboussolement généralisé que nous valent l'engorgement des photos de couv' et le déclassement des lectures au long cours. Puisse notre président assumer ses responsabilités nationales et inscrire sur notre agenda le RIC (Référendum d'initiative culturelle) qui tranchera la question.

En attendant le verdict populaire, qu'on me permette d'éclairer les millions de futurs électeurs et électrices sur les enjeux de leur vote. Qu'ils sachent quels services peut leur rendre chacun des candidats en lice et d'abord, et surtout, quel est le vrai visage du caracolant des sondages élitaires, né à Grenoble en 1783 et mort à Paris en 1842. Et qu'on ne s'étonne pas que le soussigné qui a grandi dans la religion chrétienne, celle des derniers de cordée et des perdants, s'attache en premier lieu, sans ire ni prévention, à passer le lauréat du jour au peigne fin, je veux dire l'auteur du *Rouge et le Noir* porté par les vents ascendants d'un siècle impeccablement cynique et dépassionné.

II

ENCORE STENDHALIENS ?

Si nous étions en Amérique, ce que nous ne sommes pas encore tout à fait, notre République (à commencer par la plus fiable, celle des Lettres) pourrait flanquer sans dommage son président d'un vice-président. Ce n'est pas dans nos gènes. Pas de vice-roi soleil auprès de Louis XIV. Nous pouvons, vous et moi, vénérer à la fois Stendhal et Hugo – pour contradictoire que cela soit si on va au fond – mais notre démocratie représentative exige un premier et un second (le gagnant prend tout). Il n'était pas séant, jusqu'ici, de disputer son pectoral d'or à Victor Hugo. Stendhal n'a pas de sarcophage ; lui, si. À chaque âge, son narcissisme. La Patrie reconnaissante s'offre, de loin en loin, un ravalement de façade avec ceux des siens qu'elle choisit de momifier. Le Français de 1885 trouvait flatteur de panthéoniser Toto (comme l'appelait, dans l'intimité, Juliette Drouet). Celui de 2020 trouverait sans doute plus malin, plus olé olé, moins convenu, de congeler ce coquin d'Henri Beyle. Le Réfrigérateur national conserve, avec l'inconvénient que nos grands morts ainsi stockés cessent de s'agiter sous les crânes, tandis que refusés et snobés peuvent courir le guilledou, renverser leurs alliances, se refaire une santé ou un look en se trouvant de nouveaux amis. La preuve : Henri Beyle a gardé son côté gamin. Personnellement, je n'aurais pas d'objection à une *dream team.* Les dames débrouillardes ont bien un mari et un amant ; le président, des conseillers officiels et des gardes du corps officieux ; les appartements du seizième, un grand salon, pour les invités, et un petit, pour les apartés. C'est dans la nature des choses. La France littéraire est femme (faisons comme si elle existait encore). Elle a un époux, volumineux. Et un amant de cœur, facétieux. C'est sa façon de se donner de l'air. Elle a longtemps mis la barbe hugolienne au balcon, pour saluer la foule de ce qui ne s'appelait pas encore des fans mais des lecteurs. Notre grand Sachem prend la pose depuis si longtemps – c'était déjà le parrain officiel, tout proscrit qu'il était, de l'Exposition universelle de Paris en 1867. Mais les familiarités qu'on peut se permettre avec l'embaumé ont quelque chose de déplacé, et s'il n'y a pas un minimum d'interactivité, de complicité sous-cutanée, entre nous, pupilles de la nation, et nos géniteurs putatifs, les aïeux passent à l'as. D'où vient qu'un Stendhal bien plus primesautier ait connu comme un été indien. Cela peut se comprendre. La fiction nationale, et pas de société sans fiction, se doit de remplir les places vacantes.

On peut objecter au transfert en haut de la Montagne d'un cœur excavé en rappelant aux stendhaliens un point de fait : notre Français pur sucre détestait la France. *Le Rouge et le Noir* ne prend pas de gants là-dessus. « Pour Julien, faire fortune, c'était d'abord sortir de Verrières ; il abhorrait sa patrie. Tout ce qu'il y voyait glaçait son imagination. » En fait, ce n'est pas une objection mais une case à cocher pour se rendre éligible à la glacière. Le Français à la baguette de pain, non pas le *surrender monkey*, le singe capitulard cher à nos mentors américains, mais l'homme du monde gai et spirituel qui « aime les femmes, les spectacles et les repas délicats » – avec « une vivacité toute française, doublée d'une bonhomie sans pareille », complétait le baron de Strombeck –, a pris en grippe son pays d'origine. On ne lui disputera pas ce bon point. Une raison de plus pour l'honorer, notre Italien d'adoption. S'il est une vertu qu'on ne saurait dénier aux amants de la France telle qu'elle devrait être, et qui font honneur au *Choose France*, c'est la méfiance, le malaise, voire le rejet que leur inspirent les Gaulois tels qu'ils sont, veaux, moutons, ou à tout le moins envieux, râleurs, fainéants, gilets jaunes, assistés, certains encore syndiqués, et j'en passe. Le rejet des dures réalités de la terre natale n'est pas la moindre composante du génie national.

Le patriote désappointé a le choix entre deux solutions. La première : dégainer l'épée ou le stylo, ou les deux, pour rendre son pays qui ne se ressemble plus, victime d'un moment d'absence ou de déprime, conforme à l'idée plus relevée qu'il s'en était faite entre chair et cuir. Et lui voler dans les plumes – pour qu'il redresse l'échine. Ce qui oblige le malotru à quitter le territoire, mais pour y revenir la tête haute, après les relevailles ou la reprise. Hugo à Guernesey, Alexandre Dumas en Suisse, Bernanos au Brésil, de Gaulle en Angleterre font partie de ceux-là. Seconde solution : tirer l'échelle, et s'envoler pour un paradis fiscal ou pour New York (où se réfugièrent quelques confrères de grand renom se trouvant par hasard à Londres, sous le Blitz, en 1940, en quête d'un abri moins exposé). Beyle, quand il ne sent plus la situation, rejoint la vallée du Pô et les lacs italiens. Il n'y était pas forcé mais il avait bon goût.

Tirons-lui notre chapeau. Le francophobe a mis cartes sur table. Pour ses lecteurs et les libraires, il se fera allemand – Stand-hâl (h aspiré et dentale marquée). Dans ses écrits intimes, anglomane et anglophone. Pour Dieu et les pompes funèbres, italien. D'où l'épitaphe, longuement mûrie et peaufinée sur sa tombe :

ARRIGO BEYLE,
MILANESE
SCRISSE
AMO
VISSE.

Pourquoi ce camouflet ? Parce qu'il détestait son père, nous dit-on, et abhorrait son berceau, Grenoble (apprendre qu'il y a un lycée Stendhal dans sa ville natale a dû bien l'égayer) ? Parce qu'il vomissait l'éducation un peu rance que sa famille lui avait imposée – les colos, la cuvette d'eau froide le matin, la confesse et les Jèzes, on connaît le résultat ? Parce que les jolies femmes du cru l'ont rembarré et que c'est en Italie seulement qu'il fut payé, chichement, de retour ? Ou tout cela ensemble ? Cette allergie lui vaut une enviable réputation d'ouverture, et mieux encore, d'Européen pionnier, de boursier Erasmus avant l'heure (comme a voulu en témoigner, en 1983, l'année Stendhal, avec l'exposition de la Bibliothèque nationale « Stendhal et l'Europe »). Il est d'usage que la métropole des lobbies, Bruxelles, appelle à la rescousse Diderot tapant sur les cuisses de Catherine II à Saint-Pétersbourg, ou Voltaire échangeant à Sans-Souci des vacheries avec Frédéric de Prusse. L'explication est en réalité plus simple. Un voltairien connaît et savoure les plaisirs de la société, mais la nation, la patrie, le drapeau, il ignore. *Ubi bene, ibi patria.* « La vraie patrie est celle où l'on rencontre le plus de gens qui vous ressemblent. » En ajoutant, quelques lignes plus bas (*Souvenirs d'égotisme*) : « Quand la musique française se joint à l'esprit français, c'est l'horreur. » En clair : un fat doublé d'un faux jeton. Pour n'avoir pas à faire semblant, c'est italien qu'il faut être. Comme le Corse Napoléon, ou César Borgia, ou *L'Abbesse de Castro.* « Ma chère Italie, c'est mon vrai pays. » La patrie des arts et du *bel canto*, du sensuel et du sang chaud (sans l'excessif orgueil de l'hidalgo à point d'honneur), l'endroit où le peu d'événements politiques décisifs laisse la première place aux grandes passions privées. *Histoire de la peinture en Italie, Promenades dans Rome, La Chartreuse de Parme*… Partout ailleurs, on risque de bâiller, et Beyle déteste autant ennuyer que s'ennuyer.

Il a affiné, après Montesquieu, la cartographie du

coït. La moitié de son *De l'amour*, confession sublimée en traité, analyse les différentes façons d'aimer selon les pays. Il oppose la Péninsule à l'Hexagone comme le naturel à l'artifice. En deçà des Alpes, on pense à l'opinion des autres, à faire effet sur eux et donc à paraître plutôt qu'à être. Passé le col du Grand-Saint-Bernard, l'humain est brut de fonderie. Chez nous, l'oranger est en pot ; mais en Italie, « où la plante humaine naît plus robuste que partout ailleurs », l'oranger pousse en terre. Ici, la chochotte tailleur Chanel, collier de perles et foulard Hermès, fait des mines. Là-bas, la Magnani dépoitraillée, cri du cœur et seins à l'air. Ce n'était pas mal vu, quoiqu'un peu fataliste – il arrive aux Italiens de faire des simagrées quand ils ne croient plus en rien, mais les Français sont capables d'imprudences dès lors qu'ils croient en quelque chose. Notre ami des fleurs d'oranger a deviné que l'avenir de notre Europe appartenait au nord, là où sont « les hommes à argent », des maussades, des froids, mais lui, c'est au sud qu'il voulait vivre, là où le melon a du goût, et les quidams du caractère. Il a flairé que le gris était parti pour gagner, et que le Nord ne ferait bientôt qu'une bouchée des effluves du Midi. Cette prescience l'honore, je le reconnais.

N'allons pas tout confondre, cela dit. Chaque rupin septentrional, chaque siècle se taille une botte à son pied. Notre exilé n'est pas tombé amoureux de l'Italie de Goethe, baignant dans la lumière de l'antique, ni de celle de Chateaubriand, faisant son miel des intrigues cardinalices. Encore moins de celle des têtes brûlées comme Alexandre Dumas, l'intrépide corsaire qui ira livrer des armes à Garibaldi. Son Italie n'est pas celle des Mille, mais celle des comtesses. Les décolletés de la diva, sans les Chemises rouges. La Scala, sans les carbonari. Milan sans Palerme. La crème sans la pâte. Culotté, oui, mais jusqu'à un certain point. Il ne veut pas qu'on le confonde mais il fait comme tout le monde : le potage d'abord. Ne fâchons pas la hiérarchie. Beyle assure ses arrières, comme vous et moi, sauf qu'il va de l'avant dans le *romanzetto*, en se donnant, lui le petit gros, avec Julien, Fabrice, Lucien et d'autres, des allures de Gérard Philipe ou de jeune premier. Ses sosies à l'envers sont des jusqu'au-boutistes. Ces Beyle augmentés en brise-cœurs, et qui, eux, ne lâchent rien, lui ont fait du bien, comme ils nous en font à nous, cent ans après, et pour la même raison : ces héros nous consolent de ne pas en être un nous-mêmes.

N'allons pas incriminer un roué pour ses astuces ou un prudent pour ses précautions. Nous savons bien, merci, Proust, que le *moi* des dîners en ville n'est pas celui de l'écrivain en bout de table qui survole la compagnie en plongeant dans ses trentièmes dessous (les souterrains élèvent). C'est une chance que celui-là n'ait été ni un trompe-la-mort ni un prix de vertu : les petits saints n'ont pas la fibre artiste, les fiers-à-bras non plus. Et puis, l'insoumission tarif réduit, dans une société comme la nôtre férue d'économies, c'est un héritage toujours bon à prendre, sans frais de succession.

Le plus drôle, cela étant, est l'unanimité soviétique qui s'est faite sur son nom (moins bon signe). Rares sont, dans la bibliothèque nationale, les grands noms immaculés. On a soupçonné Molière d'être Corneille, jivarisé Voltaire dans un hideux sourire, compissé la tombe de Chateaubriand, tagué la statue de Montaigne, taxé Flaubert d'idiot de la famille, traîné Barrès dans le box pour crime de guerre, craché sur le cadavre encore tiède d'Anatole France, conchié Camus comme philosophe pour classes terminales, représenté Sartre en agité du bocal de mèche avec le KGB et Malraux en m'as-tu-vu mythomane et pompier. S'il est bien, à l'École des Lettres françaises, une place à éviter, c'est premier de la classe. Le cacique perdra son procès en appel, l'instruction posthume se fera à charge, pour entarter ou pire, encarter. Notre vilain petit canard eut, lui, la bonne idée de se faire renvoyer au dernier rang de la classe, près du radiateur, d'être frappé d'apoplexie dans la rue des Capucines, piéton anonyme, un soir de mars 1842, enterré à la sauvette au cimetière Montmartre, et c'est ce garnement qui a sorti le billet gagnant. Sitôt remonté au premier rang, à la date qu'il s'était lui-même fixée dans son agenda – « 1860 ou 1880 » –, son prix d'excellence n'a plus fait de jaloux.

Et c'est son droit, le nôtre aussi. Adultères ou cocus, souriants ou ronchons, les charpentiers ont pour patron saint Joseph, les musiciens sainte Cécile, les vignerons saint Vincent, les amoureux saint Valentin, les paras l'archange Michel. Et les littérateurs n'y auraient pas droit, à l'ange gardien, au pare-feu totémique ? On ne connaît pas de « Stendhal, hélas ! ». Et qui n'a, dans le métier, aiguisé quelque jour son bec sur l'os de seiche de notre corporation ? Offrande propitiatoire devenue obligation de service, histoire de rappeler aux confrères qu'on est du bâtiment. Par ces temps d'inquiétude identitaire, cette ombre lumineuse devrait pouvoir calmer les anxieux qui redoutent toujours la liquidation des stocks et de voir se désagréger notre archipel. Je parle, bien sûr, de la Communauté nationale, et non de sa tête chercheuse, la Société des Gens de Lettres, notre vestale à tous.

L'étonnant n'est pas le passage de la sacristie au maître-autel, ou du radiateur à l'estrade. C'est que toutes nos vaches sacrées, Claudel excepté, ont pu s'admirer dans ce fétiche promené comme un miroir le long de l'autoroute, et exulter de s'y découvrir pleinement confirmées dans leurs titres et qualités.

Taine, psychologue scientiste, voit en lui le pionnier de la psychologie scientifique, Paul Bourget, romancier dogmatique, le fondateur du roman à thèse, et Barrès, qui arpente la Ville éternelle avec *Promenades dans Rome* à la main, un professeur d'énergie indispensable au roman national. Nietzsche hallucine dans les *happy few* les surhommes en formation, et Zola, le naturalisme en germe. Le jeune Léon Blum s'enchante de la féconde contradiction entre un créateur et ses créatures, et lui consacre un essai perspicace, mais tombé au mauvais moment, au printemps 1914. Maurras, en 1919, en préface à *Rome, Naples et Florence*, vante un *Stendhal contemporain*, « le plus vivant et le plus actif de nos maîtres », avec un panégyrique où il salue « l'incomparable analyste du besoin d'écrire et de penser vrai ». Dans *La Lumière de Stendhal*, en 1954, Aragon enrôle l'épicurien qui n'adhérait à rien (« Voici toute ma politique : j'aime la musique, la peinture ; un bon livre est un événement pour moi ») dans la troupe du réalisme socialiste (via le « réalisme critique », sa première étape). Il reconnaît, dans *Le Rouge et le Noir*, « la poussée du prolétariat misérable germant des profondeurs de la souffrance et montant vers le soleil » (kitsch d'époque). Le directeur musical revendiqué par le maurrassien devient, sous la plume du stalinien, un bolchevik en herbe, Julien Sorel, un Fils du peuple prématuré, et le maire de Verrières, un exploiteur à nationaliser. Simone de Beauvoir dans *Le Deuxième Sexe* fait l'éloge d'un féministe, pendant que le viril Jacques Laurent se reconnaît un frère dans ce réactionnaire de charme. Vitesse, lucidité, libertinage, exultera l'un. Engagement, lutte de classes, matérialisme, protestera l'autre. Et le troisième, Roger Vailland, chantera le jeu, le chic, l'insolence. De notre Protée, chacun en a sa part, et tous l'ont tout entier, les élégants et les militants, Droite buissonnière et Gauche dandy, *Aspects de la France* et *L'Humanité*. Sans oublier le Centre cauteleux (mais prêt à tout). Alain, le frileux radical, le citoyen contre les pouvoirs, consacre un ouvrage au romancier qu'il juge « à sa ressemblance », parce qu'il se rit des importants. Le collabo Maurice Bardèche, commentant en 1947 *Le Juif*, nouvelle passablement antisémite, salue chez son auteur « la perfection du réalisme », peu après que Jean Prévost, admirable résistant assassiné en 1944 dans le Vercors par les amis du premier, nous a raconté avoir fait avec lui l'apprentissage de la liberté. Des Hussards d'après guerre, nos anars d'extrême droite, aux chevau-légers de l'extrême gauche, du gaulliste Jean Dutourd au pétainiste Paul Morand, chacun exhibe sa carte Premium. Et ce matin encore, le talentueux Dominique Fernandez avouait, dans un beau livre, avoir puisé dans le Mozart français « le courage d'être singulier », homosexuel et académicien, même pas peur. Voir un disciple de Bourdieu expliquer que les caractères chez notre auteur sont de purs produits sociaux, et un disciple de Bourget la preuve que les vérités du cœur humain échappent à tout conditionnement social, nous rappelle qu'il faut bien des malentendus pour une Union sacrée. La Maison Stendhal est montée sur roulettes. Elle peut camper côté grandes consciences, là où on se bat et prie pour un avenir meilleur, comme du côté où on dort vite et pense mal, où l'on file vers le lac Léman en Maserati huit cylindres, dégagé de tout espoir inutile, pour échapper à la dictature totalitaire du fisc et des pions. Tantôt, ce sera pour montrer qu'on a beau être politiquement et moralement irréprochable – libéral, social, européen et écoresponsable – on n'en est pas moins un hors-la-loi, et non comme les confrères un ennuyeux pied-plat. Tantôt, qu'on a beau être un ostrogoth, on n'en sera pas moins lu en 2080 parce que nous, on a du style (contrairement aux lourdauds susnommés). Entre la R8 et le coupé sport, le canon de rouge et le *whisky on the rock*, l'inclassable Stendhal autorise un front de classe. Comment expliquer que le monarchiste se sente complice d'un mauvais garçon qui n'aimait ni les prêtres ni les rois, et le communiste d'un camarade qui se vantait de ne pas supporter le populo ?

Réponse : l'ethnologie. Cet unanimisme est tribal.

Cette gratitude, gauloise. Nous sommes reconnaissants à un compatriote idéal de pouvoir nous reconnaître en lui, au mieux de notre forme, tels qu'on aimerait être, sans être sûrs de l'être réellement, ou plutôt tels qu'il faudrait être, même si on n'y parvient pas. Cette personnalité de base, plus intime en nous que nous-mêmes, c'est ce qu'ont ou rêvent d'avoir en commun toutes nos personnes hors du commun. Valéry avait bien raison : « Les hommes se distinguent par ce qu'ils montrent et se ressemblent par ce qu'ils cachent. » Comme l'espèce, avec l'instinct sexuel et le réflexe territorial, vit dans l'individu, la basse sourde d'un pays habite jusqu'à ceux qui n'en ont rien à cirer. Ils répondent par une affiliation d'ordre esthétique à une question qui ne se posait pas encore comme théorique ou politique, « l'identité nationale ». Avant que le mot ne soit mis à l'encan, et que la pensée ne soit quadrillée par de prétendues et prétentieuses sciences sociales, avant le tourniquet gauche/droite et nos soucis du bon positionnement, ces affiliés ont trouvé là le moyen, sans verbiage superflu, d'afficher leur francité. Par un serment d'allégeance non pas au steak pommes frites, au camembert et à « la baguette de tradition française », ni aux mânes de Clovis ou de Robespierre, mais aux attributs réputés de la tribu : prestesse, liberté d'esprit, scepticisme souriant, quant-à-soi farouche, amour de l'amour, du coup de patte et du bon mot, gaieté mutine (ne rien prendre au tragique aide à se faire des amis). Toute identité, collective ou personnelle, étant affaire de narration, il n'était pas idiot d'en confier l'entretien à un narrateur aussi doué.

Celui-là flatte l'appartenance, et sa fréquentation est recommandée aux gens du seuil, s'ils veulent pouvoir se faufiler chez les *happy few*. Comme il est bon d'afficher des goûts qui n'obligent à rien, nous sommes fiers de signaler *urbi et orbi* notre passion pour Stendhal comme notre amour fou de Proust – sans nécessité de lecture ; une dévotion que nous nous garderions bien de manifester pour Edmond Rostand (*Cyrano*) ou Eugène Sue (*Les Mystères de Paris*). L'hommage au patron est à la fois une reconnaissance de dette pour l'autochtone – « je me retrouve dans cet homme, je vais vous dire pourquoi j'en suis heureux » – et une injonction faite en douce aux allogènes – « ce bonheur, vous auriez vous aussi intérêt à le faire vôtre si vous voulez être des nôtres ». Ne nous y trompons pas. Il y a là, sous des dehors de nonchalance, du recrutement à l'œuvre. C'est le propre des écrivains à catéchisme, mais lui, son avantage sur eux, c'est qu'il se moque des catéchismes.

Le plus remarquable : aucune compromission, chez le chouchou de la famille. Notre commissaire aux contes a gagné le saint des saints par l'escalier de service, sans passer par le tapis rouge, devinant qu'il mène neuf fois sur dix dans un trou noir d'où l'on ne ressort pas vivant, après son décès. Pas de prix Nobel, et pour cause – lequel tient plus, n'est-ce pas Sully Prudhomme, du boulet que de la bouée. Pas de fauteuil à l'Académie, un bonheur qui, en général, ne présage rien de bon. Pas besoin de faire le type parfaitement ignoble, comme Céline, ou le bâtisseur clandestin de cathédrale, comme Proust. C'est un fonctionnaire de classe A, bien noté par ses supérieurs (malgré quelques rappels à l'ordre du consul pour ses escapades hors du poste), décoré de la Légion d'honneur, reçu chez les duchesses et abonné aux meilleures loges d'Opéra. Il n'a pas eu à frôler la potence, la correctionnelle ou les maisons d'arrêt, toutes voies royales vers la Pléiade, comme Villon, Rimbaud ou Genet. Une trajectoire raplapla, sans tracas ni tralalas.

Certes, l'administrateur civil n'a pas eu les postes qu'il méritait, à la hauteur de ses talents. Quand on s'est rêvé comte d'Empire ou ambassadeur en titre, se retrouver sous Napoléon inspecteur du mobilier de la Couronne et auditeur (le dernier rang) au Conseil d'État, puis, sous la Restauration, vérificateur adjoint des armoiries près de la commission du Sceau, et enfin, sous la monarchie de Juillet, consul dans un trou perdu, Civitavecchia, cela témoigne d'une aptitude certaine d'un débarqué à se remettre en selle après chaque tour de manège, chaque relève de la garde au Château, mais cela peut aussi humilier et susciter quelque amertume. Beyle a surmonté la vexation en se revanchant de l'ingratitude des pouvoirs à son égard par une plume acerbe, quoique toute en apartés, et de suite dans un tiroir. Mais sa vraie revanche aura été posthume. Elle réside en ceci qu'aujourd'hui, ce n'est pas la gauche, la France, ce n'est pas la droite, la France, c'est les deux en même temps, soit le Stendhal Club, fédération transpartisane dont on se demande si elle sera encore demain en état de refuser un candidat, tout Français bien né, ou aspirant à le devenir, ayant reçu sa carte de membre à sa naissance, avec le diplôme de bachelier. N'être au départ d'aucune chapelle (« et c'est ce qui me perd », craignait-il) permet de les écrémer toutes à la sortie. C'est l'avantage du parti de l'esprit que d'échapper à tout esprit de parti et pouvoir, *in fine*, les mettre tous dans sa poche.

« Quel roman que ma vie ! » lâcha un jour Napoléon à Sainte-Hélène. « Quel conte de fées que ma seconde vie ! » s'étonne tous les jours Arrigo Beyle, biographe de l'Empereur. Il sourit sous sa dalle, au cimetière Montmartre. Il ne se contente pas de répondre présent à l'appel, ce qui est déjà un exploit sur un terrain miné où l'on compte dix fois plus de tués sur les routes que de voyageurs arrivés à bon port, où Aragon s'est tiré d'affaire mais Paul Éluard plutôt mal, où Barrès, Anatole France et Romain Rolland sont, pour ce qui est de couler à pic et sans bruit, des cas d'anthologie, où Montherlant, Jules Romains et Martin du Gard ressemblent à des migrants subsahariens disparus en Méditerranée sans laisser de trace – notre ami a fait mieux que survivre, il s'est surmultiplié, en volume, en audience et en prestige.

Ce qu'il aura publié de son vivant, c'est à peine un cinquième de ses œuvres complètes d'aujourd'hui. L'exécuteur testamentaire, son cousin Romain Colomb, a fait imprimer ébauches, nouvelles, récits laissés en plan, écrits intimes, quitte à les corriger, amputer ou compléter lui-même. Depuis lors, et grâce aux successeurs du premier successeur, franc-maçonnerie fervente, fouineuse et sympathique, les *marginalia* ont pignon sur rue. Pas un brouillon, facture de blanchisserie, pense-bête, note de service ou billet doux n'a échappé au papier bible. Trois volumes en Pléiade pour la seule correspondance – 1 814 lettres –, plus deux pour les écrits intimes, trois pour les nouvelles et romans exhumés. Feinter l'oublieuse mémoire des Lettres et accéder au paradis en coupant au purgatoire, ce n'est pas si courant.

Il y avait bien eu, pour frapper les trois coups, une conjuration d'amis attentionnés. Balzac, avec son fameux article de la *Revue parisienne*, fut le premier à saluer, en 1840, dans *La Chartreuse de Parme* « le chef-d'œuvre de la littérature d'idées » – coup de cymbale qui fit rougir de joie un romancier jusqu'alors sans public (mille exemplaires écoulés sur dix-huit mois, et critiques de presse désobligeantes). Puis vint Mérimée, l'auteur de *Carmen*, qui sera sénateur sous le second Empire, suivi par Arthur de Gobineau, l'auteur de l'*Essai sur l'inégalité des races humaines*. Ensuite, à titre posthume, les gardiens du temple, dans les chaires d'université, et enfin, derrière les « stendhalistes », les aficionados hors les murs, deuxième cercle – nombreux dans les classes aisées. Ceux-là sont au sacerdoce ce que le laïc est au clergé. La foi n'exige pas la tonsure.

Stendhal a rajeuni en vieillissant. Il a échappé au pire, le succès immédiat, la reconnaissance précoce. Nous ne parlons pas du même lascar que ses contemporains, qui ne connaissaient que le bel esprit, le libelliste, le touche-à-tout, l'agitateur culturel, dirions-nous aujourd'hui, un sémillant causeur « écrivant mal », disait déjà George Sand, comme après elle Flaubert, mais pittoresque, bon en somme pour le deuxième rayon. Le polygraphe leur cachait le précurseur, nous faisons l'inverse. Nous glosons un romancier que dédaignaient les jurys de l'époque, tel Sainte-Beuve qui voyait en cet amateur hâtif un fabricant d'automates incapable de faire vivre des êtres vivants. Le courriériste ne nous semble plus très convaincant. Tenir « l'admirable Béranger » pour le plus grand poète de son siècle, Hugo en piètre estime, Casimir Delavigne en haute estime et Chateaubriand pour quelqu'un « qui fera rire en 1925 » ne témoigne pas d'une *vista* hors pair. Ne revenons pas sur des œuvres prénatales – biographies, chroniques, journaux de voyage, critiques. Autant chez cet hybride d'imagination libre et d'abstractions convenues le romancier sera singulier et le diariste, attachant, autant le bretteur est à côté de la plaque. Sans brio et parfois fastidieux, sentant la fiche et le pompage, sont la plupart de ses travaux alimentaires, ainsi sont « les bêtises qu'on fait avant sa naissance ». Jusqu'au jour où le doctrinaire eut la bonne idée de mettre ses idées reçues de côté pour se plonger dans les chroniques italiennes et la *Gazette des tribunaux.* « Un grand homme naît deux fois, avertit Valéry, comme homme d'abord, comme grand ensuite. » L'auteur du *Rouge et le Noir* avait, en 1830, quarante-sept ans quand il est né, un vieux schnoque à l'époque, avec la mise au monde du style maigre qui l'a fait grand, et jeune pour longtemps.

Notre revenant est devenu un mot de passe. Une marque. Un style. On parle d'une situation cornélienne, d'une verve moliéresque ou d'une héroïne racinienne. Je ne connais personne qui se dise ou dont on puisse dire qu'il est, dans la vie, flaubertien ou gracquien. Elle est peut-être là, pour un écrivain, la gratification – ou la punition – suprême : ne plus être un forgeur d'histoires, apprécié et jugé comme tel par des lecteurs ou des confrères, mais donner son nom à une ligne de produits de beauté. Arouet a engendré des voltairiens, Henri Beyle, des stendhaliens. Ces originaux n'ont pas fondu dans une absence épaisse parce qu'ils ont fondé, à leur insu, une lignée. Et la filière Stendhal, à présent, donne le *la*. Elle vient même d'accéder à un nouveau statut. Le confidentiel s'est fait label. Un historien retracera quelque jour, palier par palier, l'élévation d'un frondeur en écrivain d'État, et en citoyen modèle. Il y eut, en 1965, à l'École nationale d'administration, la promotion « Stendhal » – parrainage acquis à l'issue d'une compétition oratoire entre le jeune baron Seillière, plaidant pour Turgot, et Jean-Pierre Chevènement, soucieux de donner aux futurs fonctionnaires une marge de liberté (j'eusse personnellement voté avec ce dernier, qui emporta la décision). Vint ensuite l'« Année Stendhal ». Puis la création par décret d'un programme et des « missions Stendhal », avec allocation forfaitaire de séjour en soutien aux auteurs ayant un projet d'écriture à l'étranger. L'inscription, en 2018, côté ministère de l'Éducation, de *La Chartreuse de Parme* au programme des prépas pour le concours d'entrée aux grandes écoles scientifiques, en compagnie de Platon et Shakespeare, Trinité planétaire. Et maintenant, la photo officielle du président de la République, où se discernent, posés sur sa table, à droite, un exemplaire ouvert des *Mémoires de guerre* du général de Gaulle, et à sa gauche, deux volumes de la Pléiade, un Gide et un Stendhal. Quoique superposés, ils ne sont pas mis, d'après l'exégèse autorisée du document, sur le même plan. L'Élysée a fait savoir que notre tout frais élu, familier des *Mémoires d'un touriste*, tenait à la présence symbolique à ses côtés, dans les soixante mille mairies de France, de son parrain adoptif. L'Assomption s'est poursuivie peu après avec la remise de la grand-croix de la Légion d'honneur à Daniel Cordier, l'auteur du poignant *Alias Caracalla*, le 18 juin 2018, quand notre juvénile président, dans une allocution fort bien tournée, adouba le secrétaire de Jean Moulin en ces termes : « Si on me demandait quel type de héros vous êtes, je répondrais précisément que vous êtes un héros de Stendhal. Vous tenez de Fabrice del Dongo par l'idéalisme et l'ardeur, et de Julien Sorel par ce fond de gravité et de sérieux sans lequel il n'est pas de vrai courage. Comme les héros de Stendhal, vous n'avez jamais été mû par les idées, les concepts, les théories, mais par un goût inouï de la liberté, par une curiosité insatiable, par une bravoure impétueuse, en somme par un immense amour de la vie. C'est cela, pour moi, le secret de votre destin, simplement parce que l'on peut réussir beaucoup de choses par devoir, mais on n'accomplit l'exceptionnel que par amour. »

De Gaulle, tout féru qu'il était d'ancrages littéraires, n'a jamais cité Stendhal, qui n'était pas son genre, mais son antithèse. Voir l'épopée de la France libre – de Koufra à Strasbourg – se muer en une sorte d'échappée égotiste, d'aventure libertaire, et le confident de Jean Moulin en petit frère de Julien Sorel, cela donne à songer au glissement des credo, et des sensibilités collectives. Le miroir est devenu prisme, à travers lequel la dernière et fringante couvée juge et jauge nos grands aînés. Ce changement d'optique n'est le fait de personne en particulier. Nous y avons tous notre part, vous et moi. Affaire de climat. D'atmosphère. L'inconscient collectif a parlé.

Stendhalien, soyons clair, ce n'est pas un statut, une caution ou une marque déposée. Cela n'exige pas de remplir un formulaire ni de souscrire une profession de foi (pas plus que n'en souscrit le Marseillais qui joue à la pétanque ou le Français bon teint qui entonne *Happy Birthday* devant le gâteau d'anniversaire). C'est un accent plus qu'une langue, une appellation non contrôlée mais qui recouvre un certain usage du monde, des autres et de soi-même. C'est moins, et beaucoup plus, qu'une idéologie : un tempérament. Un style qui a son segment haut de gamme, le Rastignac qui joint l'audace aux diplômes, et son bas de gamme, le vieux raté sardonique, le persifleur des bas-côtés. Leur trait commun, c'est une certaine idée de la vie et des hommes, même quand on se garde bien, parce qu'on connaît la musique, d'entrer sur le terrain aride et friable des doctrines. La posture passe pour prometteuse, originale et même provocante. Elle a ses mérites, mais on peut se poser la question de savoir quelle sorte de France elle représente, et si c'est bien la plus flatteuse. Question gênante, qu'il me déplaît de soulever, tant j'ai pu chérir, comme beaucoup, le plus séduisant de nos romanciers maison. *I would prefer not to.* Mais de deux risques il faut choisir le moindre, et devoir baisser le rideau sans l'avoir ouvertement posée est une éventualité qui m'angoisse plus encore que celle de me déconsidérer, avant de partir, auprès des plus estimables de mes maîtres, amis, et contemporains.

III

MONSIEUR *MYSELF*

J'ai promis à la SGDL de ne pas instruire à charge, en laissant de côté affinités et antipathies personnelles. Force m'est donc de reconnaître le côté pionnier du favori des gens bien. Après l'ère altruiste dite chrétienne, il a lancé, sans se cacher, celle du tout-à-l'ego. Certains auteurs en parlant d'eux parlent de nous, et je peux comprendre pourquoi, dans un siècle où un chef de l'État interrogé sur son programme politique répond en évoquant son cheminement intime et ses états d'âme, mes confrères ont mis ce pionnier au-dessus de la pile. Il a mis un terme à des siècles de pudeur et d'hypocrisie.

Son ami et correspondant, Victor Jacquemont, lui avait trouvé un surnom affectueux : *jemoi.* Ce sobriquet, c'est un logo et ce logo, une logique : la nôtre. Si Henri Beyle n'a pas eu personnellement l'étoffe d'un héros, au sens Cyrano de Bergerac, panache et moulinets, Stendhal en est devenu un au sens plein que Hegel donne à ce terme galvaudé : *l'homme d'affaires du génie de l'univers.* Un zigue tourne au héros lorsque à travers lui s'exprime et s'incarne l'idée générale d'un moment du devenir objectif – et de celui-là, nous savourons tous les retombées. Ce à quoi Stendhal nous a introduits, en sa qualité d'être singulier par excellence, unique entre tous et cultivant sa différence, c'est notre régime de singularité, c'est l'empire des *moi-je*, condamnés à cent ans de liberté en régime sévère, autant dire de solitude.

Croyant servir ses intérêts, en mufle conséquent, l'ambitieux sert la cause de tous, et le grand homme ignore au fond ce qui fait sa grandeur. De même que Napoléon, en poursuivant des fins on ne peut plus familiales, répondait sans le savoir à la demande de l'histoire d'Occident – introduire l'État rationnel dans le désordre encore féodal des sociétés –, notre dilettante, en donnant libre cours à ses humeurs, sans penser à mal, allait au-devant d'une France dont agiotage et étalage seraient les deux mamelles. Il a donné son titre de noblesse à la *révolution égotique*. Que nous enjoint le *Zeitgeist*? « Deviens un autoentrepreneur, fais-toi un nom, un magot, et un programme avec tes initiales. » Ce n'est pas une mince prouesse que d'avoir répondu aux exigences de notre devenir, qui exigeait que l'on vive au présent sans plus penser au devenir. Son destin aura été de nous libérer de l'Histoire comme destin. Croyant porter Napoléon aux nues, il hissait Fabrice sur le pavois. En quoi les honneurs qui lui sont rendus n'ont rien d'excessif. On peut même les juger timides.

Le génie anticipe, et l'auteur de la *Chartreuse* a préfiguré un état de société où, pour être grand, il n'est plus recommandé de soutenir une grande querelle. Par quoi il péchait par modestie en pariant qu'il serait lu en 1880. Il ne s'est pas vu venir ni devenir tel qu'en lui-même notre siècle l'a changé : l'avant-coureur d'une époque qui a pour antienne « c'est mon droit, et je vous emmerde ». Il est venu trop tôt pour qu'en intitulant un recueil de « bavardages » sans grand intérêt (c'est lui qui le dit) *Souvenirs d'égotisme*, il ait pu deviner qu'il inaugurait un nouvel âge de la personnalité, et qu'en faisant traverser la Manche à ce néologisme (de la même façon qu'il emprunta son *happy few* au romancier anglais Goldsmith), la petite graine ferait un baobab. L'importation du mot a échoué, l'implantation du fait fut un succès. Julien, Fabrice, Lucien, tous visent, comme nous le faisons nous-mêmes, à sortir du lot et à épater la galerie. « Rien de commun. » Le but de guerre : s'émanciper des servitudes vulgaires (la famille, le métier, la lignée) comme des emportements grégaires (les folies militantes). L'ennemi intime : le *on*. Notre arme : un quant-à-*soi* résolu. Là où Hugo décrit et Flaubert s'efface, Stendhal se raconte. Son moi a beau être à têtes multiples – diariste, touriste, moraliste, libelliste, nouvelliste, biographe, dramaturge, critique musical, amateur de peinture –, il ne se quitte pas, et ne cesse de revenir à lui, comme au joueur la balle de Jokari au bout de l'élastique. Ce n'est pas le moi pénitent de l'examen de conscience, à la protestante, qui cherche au plus profond le contact avec Dieu et la voix du Créateur dans celle de sa conscience. Ni celui du mémorialiste à la Joinville, à la Retz, à la Chateaubriand – « j'ai vu mourir et commencer un monde » – où le témoignage, pour vaniteux qu'il soit, s'articule à un récit épique, avec sa profondeur de champ. Les ébullitions collectives mettaient notre homme au repos, dont les pics d'activité correspondent aux calmes plats de l'époque. C'est un possédé qui peaufine ses notices nécrologiques, consigne jour après jour ses élans et dégoûts, plaisirs et déplaisirs, bobos, velléités et rencontres, tantôt avec des bouleversantes inaccessibles (ceci parce que cela), tantôt avec des demi-mondaines plus accortes, car il y a, disait Balzac, très incorrectement, les femmes comme il faut et les femmes comme il en faut. L'autiste conversationnel a besoin des autres pour converser avec lui-même. Il a poussé cette noble entreprise jusqu'à un point d'excellence qui décourage ses émules les plus appliqués (on en parle en connaissance de cause). S'est ainsi génialement tracé le sillon du préfixe *auto* promis au meilleur avenir – de la Charte des droits individuels aux prestations du samedi soir. Entre l'*autodétermination* en alibi et l'*autocratie* en repoussoir, nous courons tous après l'*autonomie* en politique, l'*autoentreprise* en économie, l'*autobiographie* en librairie, l'*autofiction* en fin du fin, l'*autogestion* à gauche (solution de l'énigme enfin trouvée), l'*autopromotion* à droite (ôte-toi de là que je m'y mette), l'*automobile* à la campagne (*my car is my castle*), l'*autoérotisme* à demeure (il est sain de se masturber), l'*autopartage* en ville, l'*autoprotection* de l'institution (voir la sainte Église catholique), l'*autorégulation* (du système bancaire), sans oublier l'*automédication* du malade (on soigne tout sur Internet), l'*autocritique* des scrupuleux et l'*autoflagellation* du masochiste. L'auto a plus que nos faveurs et l'hétéro notre suspicion : c'est la ligne générale.

Avant le smartphone, stade optique, et la *smart nation*, stade suprême, il y aura eu, chez nous, ce tournant littéraire. Il consiste à placer un événement célèbre en fond de récit et un comparse au premier plan, comme on se tire aujourd'hui le portrait sur fond de Corcovado, de tour Eiffel ou de Cité interdite. Madame H. n'a pas disparu. L'Histoire reste nécessaire, mais comme un décor, un faire-valoir. Le stendhalien a besoin d'un théâtre pour enfiler son beau costume, et comme dit Mathilde dans le *Rouge* : « S'il y a Révolution, je suis sûre pour Julien du premier rôle. » C'est un rôle et Stendhal le surjoue, tant il est vrai qu'on peut faire une comédie de la destruction de la comédie. Il joue avec emphase au conspirateur, se déguise en « Dominique », en rajoute sur la cape noire et l'encre sympathique, constellant son *Journal* de sigles cryptés et de mots en verlan (*roupris* pour pourris, *Randtalley* pour Talleyrand, *King* pour Louis-Philippe, *kinko* pour coquin, etc.) – afin de brouiller les cartes et dépister on ne sait quels espions. Il fait clandestin, comme il fait jacobin, pour se faire peur, et se met un masque pour démasquer le bal des hypocrites. Tout cela, assez badin, un peu puéril mais touchant.

Une découverte que cette Histoire moins imaginée qu'*invaginée*, retournée comme un gant, et dans la bonne humeur – sans les élégiaques mélancolies des orphelins en manque. Waterloo, joyeuse plaine. Le haut fait en arrière-plan, la focale sur le petit fait vrai (et seul le petit est vrai). Napoléon a perdu une bataille, Fabrice a gagné la guerre, des cœurs et des esprits. C'est lui qui désormais prendra la lumière. La formule passe-partout – « Fabrice à Waterloo » – donne la vedette non à un ahuri, mais à un débrouillard, le joueur qui sait se jouer de tout et de tous, et donc, centre du jeu. Ce transfert d'aura, ou de focale, il est courant d'y voir un pas en avant dans la marche vers la Liberté, une étape dans l'émancipation de l'espèce, un nouveau palier dans la montée vers les sommets. On peut y voir aussi – ceci n'empêchant pas cela – l'amorce de l'itinéraire-retour de la molécule à l'atome, d'une redescente dans le trajet qui a mené le sujet humain du statut d'observant (religion) à citoyen (politique) et enfin à agent (économique) – la courbe croyant, électeur, consommateur – avec, successivement dans le rôle de gardien des grands secrets, les sciences théologiques, puis les sciences politiques et enfin la science économique. Trajectoire qui mène de la *Via crucis* à la retraite-chapeau. L'idée qu'une personne ne saurait se réaliser qu'en participant à un collectif qui la dépasse et l'exprime à la fois – parti, église, classe, nation ou Internationale –, et que c'est alors qu'elle devient libre, est à présent une idée dangereuse, et son improbable avocat, l'idiot utile d'un Goulag en chantier. Être libre, dorénavant, c'est couper les attaches, le fil à la patte d'une foi, d'une civilisation, fût-ce une connivence ou une loyauté quelconque. L'individu, supposé se tenir au début de l'histoire, passe contrat avec d'autres individus pour se retrouver tel qu'en lui-même à la fin du parcours, dans un pays genre association loi de 1901 dont la fin sera d'aider ses membres à se prendre eux-mêmes pour fin – (le modèle de pensée atomistique du XVIIIe soutenant ce Droit abstrait).

Et que nous reste-t-il encore à privatiser, après l'eau courante, l'hôpital, la Poste, les aéroports, et les autoroutes ? La guerre, avec les sociétés privées de sécurité ? Le risotto aux asperges, avec la livraison à domicile, plus besoin de sortir au restau ? Le feuilleton, avec la série, qui se regarde dans son salon, plus besoin d'aller au cinoche ? Sa propre mort, quand on peut en dicter, de son vivant, les procédures par instructions écrites à son médecin ? L'enterrement ? à votre bon cœur et à vous de bricoler. Nous avons privatisé jusqu'au suffrage universel, où le volume des financements privés, en lieu et place du public, définit l'ordre d'arrivée à la sortie des urnes. Le débat d'idées devenu combat de coqs, où le journal le mieux sponsorisé éclipse le moins bien pourvu en pubs et lecteurs. Le forum lui-même, où une considération proprement politique sonne désormais comme un coup de pistolet au milieu d'un concert, où le vieux mur séparant, en régime de laïcité, la chambre du bureau a été abattu. On doit tout savoir. Ce qui oblige le capitaine à commenter en public sa vie privée (« Untel n'est pas mon amant », précise-t-on crûment). Plus de tapis rouge dans la cour d'honneur, ni de pingouin au dîner d'État. Un président en fonction file voir sa copine sur un scooter, un autre va au stade en manches de chemise hurler devant un tir au but. Il fait de l'Élysée une boîte de nuit, jeune et sympa, bras dessus bras dessous avec le rappeur en bas résille. Comme vous et moi. Le métier a changé, la mission tourne au job – après quoi, disait naguère un prototype, « je ferai de la thune » (apporteur d'affaires à cent mille dollars la conférence au Qatar, ou boîte de *consulting* à domicile). C'est toujours un plaisir de voir le grand homme du jour au petit écran prendre un bain de foule en multipliant les selfies avec tous les ados de passage. Le but d'un chef d'État, n'est-ce pas le nôtre aussi : devenir l'ami public numéro 1 ? Et comment y parvenir sans travailler l'image – comme vous et moi ?

La *selfisation* de l'Occident, parallèle à la *marchandisation*, des ventres, des idées et bientôt de l'oxygène, suppose l'*atomisation* des vieilles troupes – soit la *reductio ad individuum* de tout ensemble historiquement constitué. Si « le don de vivre est passé dans les fleurs », l'esprit du temps, qui est le zoom avant, est passé dans le matos. Plus besoin d'être un Rembrandt pour faire son autoportrait ni de rencontrer Cartier-Bresson ou un Photomaton pour s'envisager. Un clic de la Petite Poucette, et ma tronche se retrouve dans la seconde sous les yeux de mes dix mille amis les plus intimes. Avec le numérique, l'Instagram et le reste, le dandysme a son *discount*, et le quart d'heure de célébrité, des années devant lui. L'indécence n'est plus, sur les réseaux, qu'une attestation de bonne vie et mœurs. Dans une vidéosphère qui fait de la proximité un gage d'authenticité, et qui a la chance de pouvoir remplacer, à tout bout de champ, un plan large par un gros plan, tout ce qui s'était éloigné dans la représentation doit désormais faire acte de présence, à touche-touche. La société du spectacle déboutée, la société du contact qui l'a remplacée donne congé à ce qu'on appelait politesse ou savoir-vivre. Chez tout notoire en vue, un accident de santé appelle dans les six mois un compte rendu circonstancié, et nous attendons des hommes d'idées eux-mêmes qu'ils nous informent dare-dare de leurs plats préférés, de leur dernier chagrin d'amour et de l'état exact de leurs artères (le rectum est pour demain).

Place donc à mézigue, à ma pomme. Ne faisons pas porter le chapeau au bobo, l'habitant, l'habitué du Bibiland. C'est le mieux capé mais nous l'avons à peu près tous rejoint. Nul ne pouvant sauter par-dessus son temps, notre devancier n'a pu faire le *suivi anatomique.* Il nous en a laissé le soin, et c'est notre application quotidienne, dispendieuse mais indispensable. Bibi est *bodybuildé,* tatoué, *piercé,* épilé, remodelé, l'industrie cosmétique aidant, brosses nettoyantes, crèmes anti-âge, zoning sur les fesses, etc. (deux mille cinq cents euros par an en moyenne). On doit optimiser l'enveloppe pour respecter l'injonction foucaldienne : soi-même comme œuvre d'art. Le précurseur ne pouvait encore pressentir les faux frais du chantier où nous ahanons tous à la dure, ce qui n'exclut pas quelques douceurs en passant. Étant entendu que la haine de soi, stade suprême de l'égotisme comme l'Impérialisme était celui du Capital, constitue l'un des secteurs les plus actifs de l'entreprise (le soussigné y a mouillé sa chemise). Le passage du moi « haïssable » au moi rédempteur, ou de l'horizon de tous à l'horizon d'un seul, c'est un *work in progress,* cerné depuis belle lurette par les sociologues attentifs mais qu'on peut *sourcer* dans le tuf littéraire de notre zélé protectorat, délaissé par l'Histoire mais non par la mémoire.

L'événement Stendhal, c'est une *transition énergétique*

réussie (en attendant la seconde, avec les éoliennes et le panneau solaire). Les puissances motrices seront désormais à l'intérieur, et c'est dans son propre fonds qu'il faudra chercher l'« intérêt pour agir », et non plus dans on ne sait quelle camaraderie ou dans « ce qu'a de noblesse une grève de solidarité » (Marc Bloch). Là encore, Fabrice paye d'exemple. Il ne quitte pas la Sanseverina, sa tante adorée, pour soutenir une cause, dans un esprit de mission mais d'aventure (ce qui tombe bien, il est vrai, dans un roman d'aventures). Il rejoint ce qui reste de la Grande Armée non pour s'enrôler en soutien d'un possible Robespierre à cheval mais pour se dégourdir les jambes et tester sa propre force de caractère. Un stendhalien n'admet rien au-dessus de lui, hormis l'idée qu'il se fait de lui-même. Napoléon, chez notre dégagiste, n'est plus ce qu'il est chez Balzac, le fondateur de l'État moderne, mais une sérotonine d'appoint pour ranimer l'énergie d'un *bachelor* qui en veut. On peut considérer comme un service pour handicapés l'opération consistant à traduire les élans collectifs en émois intimes et Napoléon en Bonaparte. Le *self made superman* prouve à l'arriviste à pied d'œuvre qu'un fils de personne peut arriver à tout. L'exercice encourage. Pour saisir la main de Mme de Rênal, penser à qui s'est saisi en un tournemain de l'Égypte et de l'Italie, cela facilite les choses. Du bon usage de l'Empereur, l'inventeur du *one man show* moderne : secourir les timides en difficulté et les aider à garder un empire sur leurs émotions. Après tout, Napoléon mettait ses pas dans les pas d'Alexandre le Grand, qui lui-même voulait rattraper Achille – éternelle cascade des rivaux mimétiques. Il n'y a pas d'autogestion des destinées, et si grand qu'on se croie, on a toujours besoin d'un encore plus grand que soi, surtout si l'antidépresseur choisi nous fait la grâce d'être au cimetière. Les morts qui nous surveillent de loin peuvent faire des miracles, et les plus célèbres donner un coup de pouce à nos affaires courantes. Julien Sorel ne nous a-t-il pas beaucoup secourus dans nos amours et nos escapades, chaque fois qu'il a fallu prendre la main d'une belle ou s'embarquer sans savoir au juste pour quelle destination ?

Certes, l'exposition de soi n'était pas une découverte, et notre « extimité » a d'autres référents dans notre tradition. Rousseau ? Un Vert allergique au Rouge comme au Noir, un butor perdu au fond des bois, trop violettes et primevères pour nous autres urbains. Chateaubriand ? Il en fait trop à force de planter sa cellule sur une scène de théâtre. Le Grand Paon se pavane sur les planches, Beyle se contente d'un strapontin au parterre. Il y a encore du Moi-Soleil chez notre ancien ministre des Affaires étrangères, une cambrure à la fois ombrageuse et hautaine, quand notre preneur de notes lui donne un air improvisé et bon enfant, à la portée du premier venu. Benjamin Constant ? Trop cravaté, pas assez débridé, et de plus, homme d'ordre. Le jeune Barrès et son culte du moi ? Il a mal fini. La terre et les morts, le rossignol du carnage, le député, la moustache cirée et la canne à pommeau. Invendable. André Gide serait le plus titré, et de loin, mais il y a, qui font tache dans le tableau, les petits garçons, un flirt avec le stalinisme, une écriture puriste trop austère pour nous, et pas d'adaptation notoire au cinéma. Dans notre Palais des glaces, ces grands noms servent d'acteurs de complément. Pas assez valorisant. La preuve : en soixante-dix ans, aucune promotion de l'ENA n'a songé à eux comme porte-fanion (hormis Rousseau, en 2010, écologie oblige). La liste des parrains choisis par l'énarchie depuis 1946 constitue le meilleur baromètre des changeantes pressions atmosphériques dont l'historien des mentalités locales fera demain son miel.

Comment Beyle a-t-il ainsi pu doubler tous les tireurs de couverture à soi, dont beaucoup le valaient bien ? En s'abstenant de composer avec les enthousiasmes de son époque. Outre une certaine fluidité dans les emplois, propice à l'indépendance d'esprit – « n'ayant jamais fait corps, dit Léon Blum, avec aucun système social » –, il a su esquiver les étiquettes. Spectateur dégagé du temps le plus mouvementé de notre récente histoire, 1783-1842 – Révolution, coups d'État, insurrections, triomphes et désastres militaires –, il n'en a pas reçu d'éclaboussures, sachant tremper un orteil sans y mettre les deux pieds – à Vienne, par exemple, à côté de Wagram, le jour de la bataille. Il a souhaité, peut-être pour faire honneur à son ami et mentor Daru, un homme puissant, de ceux qui ont pouvoir de nomination, prendre part à la campagne de Russie. Affecté aux services chargés de la distribution des vivres, il n'y a sans doute pas fait le coup de feu, mais il en fut un vivant témoin. Il a vu, à l'arrivée, le soleil se lever sur les bulbes dorés de Moscou, mais c'est comme si la suite – les quatre cent mille morts du retour, les grognards recroquevillés dans le ventre ouvert des chevaux, les yeux gelés, les lances des cosaques virevoltant alentour, le passage de la Berezina – n'avait pas existé. Il faut lire *Les Mémoires du sergent Bourgogne* pour un rendu noir sur blanc de ces scènes d'épouvante, Beyle n'en souffle mot qu'à sa sœur, Pauline, dans ses lettres. Son *Journal* – des pages ont-elles été déchirées ? – s'arrête au début de la retraite de Russie, dont l'écrivain ne dira rien. L'homme était vaillant, mais c'est comme si les souffrances d'autrui et les fureurs du jour le laissaient indifférent. Comme si la guerre, militaire ou civile, ne l'intéressait pas. De même, le 28 juillet 1830, entend-il les fusillades au Théâtre-Français, tout à côté de son domicile, rue de Richelieu, il reste chez lui, le nez dans le *Mémorial de Sainte-Hélène.* Le lendemain, comme ça ferraille encore, il va s'installer plus loin, à la Légation de Toscane, au calme. Des Trois Glorieuses, pas de témoignage à vif. Pas de jour de gloire pour cet incrédule, pas d'illusion lyrique pour ce caustique. On peine à le découvrir contemporain de Berlioz, Delacroix et Michelet (qui commence à publier dès 1827 *Tableau de la France*). Il y a des insomniaques que les cris de douleur des vivants et l'ombre accusatrice des massacrés réveillent au milieu de la nuit. Et il y en a d'autres que le forban et le tueur n'empêchent pas de dormir ni de veiller au bonus parce qu'ils sont immunisés contre les « fausses passions », « celles qui promettent un bonheur que nous ne trouvons pas lorsque nous y sommes arrivés ». Soit les passions justicières qui poussent nombre d'adultes à affronter les gaz lacrymogènes, certains jeunes à brûler des voitures et les plus âgés à remplir des cahiers d'espérance. Pour ce naturaliste du cœur humain (« écrire autre chose m'ennuie »), il est entendu que la vérité des hommes est dans les antichambres et les alcôves, non sur une barricade, ou dans un chantier de construction, ou une compagnie de fusiliers marins ou l'équipage d'un thonier à voile. Est-ce parce qu'il avait, amputé de naissance, un organe manquant, ou était-il trop sain d'esprit et de corps, trop concentré sur ses espaces du dedans pour prêter attention aux visions déjà un peu hystériques du « stupide XIXe siècle », pour s'intéresser de près à ses phalanstères, ses utopies et ses illuminés barbe en pointe et yeux au ciel ? Aux premiers balbutiements de « la Raison tonnant en son cratère », les banquets républicains, voire le premier banquet « communiste » de Belleville, en 1842 ? Mais comment le lui reprocher, si c'est cette abstention un peu antipathique qui nous le rend si proche, et sympathique ?

Il a bien joué, en fin de compte. Depuis que le monde est monde, le bipède à pouce opposable a deux cordes à sa lyre, Éros et Thanatos. L'*Iliade*, le poème de la force, et l'*Odyssée*, le poème du désir. Les deux faces du primate ont beau faire la paire, l'audimat préfère le second. L'« amour toujours » ne se démode pas, alors que nombre d'étripages ne riment plus à rien, la poussière une fois retombée. Nos façons de faire l'amour seront toujours les mêmes et le *Kâma Sutrâ* fastidieux, vu que nos membres font du surplace, alors que nos façons de faire la guerre se renouvellent à chaque changement de panoplie. Ce qui fait du porno un placement de père de famille. Observons que dans la Bible, le *Cantique des Cantiques*, enjôleur, a cent fois plus de fans, et de reprises, que le *Livre de Josué*, effarant. On peut bien se l'avouer : les grandes causes pour lesquelles le sexe mâle se trucide à intervalles plus ou moins réguliers deviennent, avec le recul, incompréhensibles, voire navrantes. Pérennité de la libido, volatilité des idéaux. Conseil de l'imprésario à son protégé : entre un chant de guerre et une chanson d'amour, n'hésite pas. L'Olympia fera toujours salle comble, le mont Valérien, c'est plus aléatoire.

Les iniquités qui tant inquiétèrent Victor Hugo – esclavage, peine de mort, horreur des bagnes et des prisons, enfants au travail douze heures par jour dans les caves de Lille, Grecs massacrés, Polonais écrasés –, il n'en a cure. Ces vicissitudes ne le regardaient pas. Les canuts et leur hymne – « nous tisserons le linceul du vieux monde, et l'on entend déjà la révolte qui gronde… » –, il n'entend pas. C'est « l'affaire de Lyon » (1832). Un Français léger, sociable et spirituel, préfère le sociétal au social. Certes l'auteur *D'un nouveau complot contre les industriels* conteste le monopole des rentes que s'attribuent entrepreneurs et banquiers, souhaite que « la classe pensante » puisse également en profiter. Cette raillerie du saint-simonisme, comme celle, chez Molière, du bourgeois gentilhomme – qui ne manque pas d'actualité –, ne remet nullement en cause un régime d'extorsion ni sa légitimité. Réclamer sa part du gâteau n'a rien de subversif. Le prudent insoumis ne se sentira ni concerné ni intéressé par les Unions compagnonniques et autres confréries qui troubleront le sommeil du Roi bourgeois – Société des droits de l'homme, Club des amis du peuple, Société des familles (ne parlons pas des Babouvistes, Blanquistes ou Icariens). On l'imagine mal côtoyant ses voisins, le médecin Raspail, le détenu Barbès, le dominicain Lacordaire, Ledru-Rollin, Lamartine ou Michelet. Ces grandiloquents forçaient sur la dose, Justice, Charité, Humanité, Fraternité – et un bon bec recrache les mots à majuscule dont les tribuns s'enivrent. On l'imagine encore moins terminer un poulet par « Salut et Fraternité », ou se procurer une reproduction de *La Liberté guidant le peuple*, pour la planter devant son sous-main. À d'autres, le bonnet phrygien, le friselis sur les tempes et le mousqueton sous le bras. Il eut la chance de mourir à temps, ce qui lui évita le printemps des peuples, de devoir porter un toast au Christ prolétaire et d'entendre fredonner sous ses fenêtres : « Chapeau bas devant la casquette, à genoux devant l'ouvrier. » La grande levée des peuples de 1848 lui a été épargnée, cette Révolution catho-populiste qui a complété notre antithèse républicaine, Liberté, Égalité, par le mot le plus étranger à son univers : Fraternité.

IV

RÉSONANCES ET CONSONANCES

Reste le pourquoi d'une résilience, qui a les dehors d'un contretemps. Stendhal n'a pas la fibre humanitaire, et notre siècle s'en targue. Pour louche qu'il soit encore, et presque aussi suspect qu'*égalité* aux yeux de la *liberté* des libéraux, *fraternité* ne sent plus le « sois mon frère ou je te tue ». Le petit dernier des frontons républicains vient même de rentrer dans notre droit positif, où le manquement au principe qu'aurait été la censure du secours aux migrants est désormais passible de sanctions. D'où vient la recharge en charisme d'un olibrius dix-huitiémiste et autocentré, peu porté sur l'esprit d'équipe et Amnesty International ? Qu'est-ce qui rend « raccord » – parlons jeune – le disciple d'un philosophe que personne ne lit plus, Helvétius (1715-1771), et les fans de Steve Jobs, le saint patron du Nouveau Monde (1955-2011) ? Cette bizarrerie mérite réflexion.

Rappelons d'abord un fait connu : ne pas être un fils de son temps permet assez souvent d'être du suivant. Stendhal fut dans le sien un M. Jadis. Sa cervelle était Louis XV. À l'âge des premiers chemins de fer, il écrit comme Chamfort, sec et pétillant, et pense comme Voltaire, écrasons l'infâme, tel un petit-maître du XVIIIe parisien. Il appelle *happy few* cette aristocratie de l'esprit supérieur, cette contre-caste sans frontières que réclamait, face à une noblesse de sang qui ne s'était donné que la peine de naître, le siècle des Lumières où l'idée de Nation n'avait encore ni consistance ni virulence. Il débarque au milieu de passions collectives inédites et obscures en émigré de cette France d'Ancien Régime, gaie, vif-argent et désinvolte, dont Talleyrand disait qu'il fallait l'avoir connue pour goûter la douceur de vivre. Il a donc touché la prime au rétro : pouvoir sauter de la banquette arrière à la banquette avant, avec un, voire deux temps d'avance sur ses collègues dans le vent.

Pour comprendre la transfiguration d'une mauvaise tête de 1840 en référence de nos *young urban professionnals,* quelques remarques additionnelles s'imposent. Je discerne plusieurs raisons à ce retour en grâce : l'*aura* du romantisme, l'aéré d'un style, un jeunisme bienvenu, un malaise intime assumé et, enfin, le recoupement des zones aveugles.

La lune romantique, vue de loin, a un effet de halo, avec report de séduction sur un antiromantique, et transformation d'un auteur de romances en héros de roman. Minces, jeunes et beaux, Lucien, Fabrice et Julien réverbèrent sur un bedonnant inquiet pour son avancement. C'est la magie qu'il appelait « cristallisation ». Comme le rameau d'arbre effeuillé par l'hiver plongé dans la mine de Salzbourg en ressort constellé de cristaux et diamants, un classique plongé dans le temps des gilets rouges nous revient pailleté par les reflets du voisinage, y compris le plus détesté. Mme de Staël ? Une « enflée ». George Sand ? Une « marchande de modes ». Chatterton, le héros du théâtre romantique ? Un charlatan, un pitoyable. Nous sommes, nous, bon public pour ces joueurs de violoncelle, parce qu'ils ont un peu souffert, beaucoup aimé et mélodieusement sangloté. Ces enfants du siècle nous semblent parfois un peu cucul, mais restent nos chouchous. Henri Beyle les vomissait.

Rêvasser sur les ruines, les clairs de lune, les striges et les gargouilles gothiques, les tombeaux et les mâchicoulis, cela le fait bien rire. Le *Sturm und Drang*, cela l'effraie (pas français). Ceux qui disent « coursier » pour cheval et « croisée » pour fenêtre, ceux qui évoquent « la cime indéterminée des forêts » le mettent hors de lui, et Chateaubriand est et restera sa bête noire. Lui, il veut être clair, simple et naturel. Il peut frayer avec les chevelus contre les « genoux » et même prendre leur défense, parce qu'ils sont la jeunesse et que les vieilles barbes de l'Académie sont leurs ennemis, mais la première d'*Hernani* en 1830 l'a fort indisposé. Pour se mettre au jour, il souhaite la bienvenue à tout ce qui peut délivrer des Grecs et des Romains, faux papas, vrais papous. Il est mauvais en latin, n'a pas fait de grec, et les romantiques sont au départ des royalistes ultras, lui, c'est un libéral. Donc, distance. « *I am a warm friend to the Romantic and a warmer enemy of the so-called romantic stile* », précise-t-il dans son anglais approximatif, pour mettre les choses au point. Sainte-Beuve, qui n'a jamais été à une bourde près, a cru voir dans le jeune auteur de *Racine et Shakespeare*, « un hussard du romantisme ». De quoi se retrouver avec lord Byron à Missolonghi et avec Silvio Pellico en prison ? Que nenni. Cet essai aigre-doux (en deux volets, 1823 et 1825), la rituelle descente en flammes des vieilles barbes du Quai Conti, comme il en paraît à Paris une par mois depuis cent ans, constitue une réponse à un certain Louis-Simon Auger, l'académicien qui venait de condamner les « mots ignobles et crus » des Jeunes-France sur les tréteaux. Et que lui réplique-t-il ? Que les règles classiques, unités de temps et de lieu, sont périmées, que chaque auteur doit travailler pour la société de son temps, et qu'il faut s'adapter aux mœurs de l'époque où l'on écrit, car « tous les grands écrivains classiques ont été romantiques de leur temps », Racine comme Molière. L'heure a donc sonné des pièces en prose. C'est l'apprenti dramaturge qui parle ici. Beyle eut pour première ambition, durable, d'être un nouveau Molière. Il a annoté *Tartuffe* de près, et écrit de nombreuses comédies, toujours refusées. En 1835, la gloire à Paris a deux portails d'entrée : la poésie et le théâtre. La première lui étant interdite par sa fidélité au siècle des Lumières, fermé au poétique, restait la seconde, à tenter. Notre Molière manqué, de guerre lasse, s'est replié faute de mieux sur le roman, genre mineur. « Je m'adresse aux gens qui cherchent la pensée plus que la beauté des mots », et qui, précise-t-il, ont fait la campagne de Moscou (rare allusion). Ceux-là, on ne les impressionne pas avec des alexandrins, ces « cache-bêtises ». S'habituer aux phrases élégantes des gandins à cheveux longs rend incapable de « raisonner serré », qui seul importe, ce qu'on peut en effet concevoir, quand on tient Helvétius pour « le plus grand philosophe français », et pour maître à penser, Destutt de Tracy, « l'homme que j'ai le plus admiré à cause de ses écrits ». L'auteur des *Éléments d'idéologie* (1817) était le chef de file des « idéologues » de l'Institut sous l'Empire, les abstracteurs de quintessence qui se moquaient des réalités pour rechercher les causes premières (et dont se moquait tant Napoléon). On doit à Destutt ce funeste néologisme, donnant à croire qu'il suffit d'user de grands mots pour l'emporter dans la vie, et qu'on fait une idéologie avec des idées comme une omelette avec des œufs. Karl Marx fit sien ce cadeau empoisonné, pour le plus grand malheur de sa lignée, et de la nôtre.

«Je tremble toujours de n'avoir écrit qu'un soupir quand je crois avoir noté une vérité.» Pour lui, le vrai est dans le cru. «Le beau style de Monsieur de Chateaubriand me semble ridicule dès 1802. C'est une quantité de petites faussetés.» Lui, c'est un «écrivain d'idées», qualité qu'il revendique, «et qui ne peut être appréciée que par les âmes et les gens vraiment supérieurs». Plutarque et les mathématiques. Le style Empire, rapide et décidé, contre le style troubadour. «En composant la *Chartreuse,* écrit-il à Balzac, pour prendre le ton, je lisais chaque matin deux ou trois pages du Code civil. Permettez-moi un mot sale : je ne veux pas branler l'âme du lecteur.» Ses modèles de perfection : Fénelon et Montesquieu. Un laconisme nerveux, un plein jour sans chien et loup. Stendhal écrit au débotté, sans flonflons, pour conjurer hautbois et violons, le pathos et la guimauve. Impossible de jeter un regard plus distant sur les hautes températures humaines, au point qu'il se demandait lui-même « s'il ne tombait pas dans le genre froid du personnage philosophique ». De fait, ses bondissants calculateurs agissent en fonction de ce qu'ils pensent ou de l'idée qu'ils se font d'eux-mêmes, comme les personnages des *Liaisons dangereuses* chez Laclos (d'où les constants monologues intérieurs). Pour ces planificateurs amoureux, le sentiment se déduit d'une pensée, comme l'image, pour l'antipoète, de l'idée. Sous le règne de la Raison, Rousseau mis à part (aussi en fut-il expulsé), le réfléchi commande à l'éprouvé. Pour notre« éminent psychologue », polytechnicien manqué mais premier prix de mathématiques, son cœur de métier, l'intelligence du cœur, exige de soumettre Éros énergumène à la règle de trois et à la preuve par neuf. Quoi de moins sensuel, de moins lyrique que ce « livre d'idéologie » (il le qualifiait ainsi) intitulé *De l'amour*? Un exercice de comptabilité. Sept moments, deux cristallisations, quatre espèces (l'amour-passion, l'amour-goût, l'amour-physique et l'amour-vanité), elles-mêmes à diviser par deux, les sexes, et à multiplier par six, les tempéraments. Quant à la beauté parfaite, chez une femme, « elle donne une quantité de bonheur exprimée par le nombre quatre ». Pas de quoi faire bander un muscle quelconque. À trop vouloir marcher droit à l'objet, il arrive qu'on le manque. « Le cœur a ses raisons que la raison ne connaît pas », et l'algèbre moins encore.

Le *style*, ensuite. Il est alerte. Il a le *tempo*, le rythme d'aujourd'hui. Sans graisse ni fioriture. Raconter une histoire comme on écrit une lettre au pied levé, ou comme on se parle entre copains au téléphone, ce que Flaubert s'interdisait expressément – c'est ce que nous goûtons le plus. Les raisons qui l'ont fait mettre en marge par les étoiles de la scène parisienne – Hugo en particulier traitait par le mépris cette écriture plate et fade – sont celles qui en font aujourd'hui un modèle. Le rejet des enjolivures lui barra la route du succès, et il s'en voulait lui-même d'aller trop loin dans le « style heurté, qui permet non pas d'être impoli, mais poli plus vite ». « Cet homme est à jeter par les fenêtres », note-t-il en se relisant. « Style trop abrupt, trop heurté », peut-on lire, de sa main, dans les marges du *Rouge et le Noir* première édition. Raccourcis, ellipses, télescopages : ce décousu main est devenu standard. Son point faible lui a ouvert les portes de notre époque, qui veut du brut, du *cash* et du leste.

Nous vivons l'âge du *discontinu*, où tout ce qui relève de l'enchaînement, de l'explicatif ou même du consécutif nous fait bâiller, et couper court. Seul un temps disruptif, fait de bribes et de spasmes, sans suite ni précédent, mérite d'être vécu. Que le moins soit un plus, notre ennemi des hyperboles l'avait deviné – « tout se passa simplement, convenablement et, de sa part, sans aucune affectation » (Julien devant la guillotine). Régime sec, sans sucre ni féculent. « Ce sera la noblesse de leur style qui, dans quarante ans, rendra illisibles nos écrivains de 1840. » Il n'a certes pas saisi ce qui fascine toujours chez ce Chateaubriand « puant de plate affectation », comme chez Victor Hugo avec ses cloîtres, ses djinns et ses donjons. On devine ce qu'un Beyle *redivivus* dirait à présent de ces auteurs de faux en écriture que seraient à ses yeux Malraux, Saint-John Perse ou Claudel : ces exagérés n'apportent « pas de connaissances positives sur le cœur humain » et battent la campagne, au lieu de « dire exactement ce que le degré d'ivresse du moment comporte ». Mais enfin, il n'avait pas tort : on ne lit plus Alfred de Vigny, ni Lamartine ni Marceline Desbordes-Valmore, mais on le cite, lui, car il nous parle de nous avec notre phrasé à nous. Le blasé d'aujourd'hui mange les mots, elliptique et pressé ? Son débit, déjà, cultivait la brusquerie, comme nos phrases inachevées, sur fond d'un « à moi, on ne me la fait pas ».

Rendons également son dû au *jeunisme*. Notre époque aime à prolonger l'adolescence. Il est normal qu'elle prise le chantre des jouvenceaux, l'âge où l'on se regarde dans la glace, où l'on se cherche une identité, et quelle place se tailler dans le monde. À un moment où il est interdit aux décatis de paraître leur âge, on ne peut que sourire à des histoires dont les protagonistes ont autour de vingt ans, ne prennent pas le temps de faire des enfants ni de s'embêter avec une famille ; et qui, interdits de vieillissement, nous quittent en trois lignes – le récit terminant en queue de poisson, dès que le jeune premier traînasse et devient ennuyeux. Cet *accelerando* tonique sied à nos artères. Autant une société jeune aime à cultiver le vieux sage, autant une société vieillissante a besoin de chair fraîche. La pédophilie est une maladie de seniors.

Autre connivence par-dessus les siècles : une certaine dissonance entre ce qu'on pense ou dit penser, et ce qu'on fait tous les jours, disons, entre discours et mode de vie. Un libéral amoureux d'un empereur, un républicain qui trouve les républicains mortels, désespérément austères et fades, et les aristos beaucoup plus drôles et fins, ou encore un libre-penseur qui « se trouve un certain penchant pour les églises cathédrales et les cérémonies antiques de l'Église » – ne peut pas laisser insensibles les partageux très partagés de la rive gauche, les décembristes de l'île Maurice, les aoûtiens de l'île de Ré. Cet hiatus un peu scabreux est notre malaise à nous, les cossus progressistes tiraillés entre bonnes intentions et mauvaises habitudes, Restos du Cœur et restau du Ritz. Comment ne pas saluer le *fair-play* d'un trans-classe qui assume avec aplomb ce porte-à-faux et ses incohérences ? « J'abhorre la canaille, en même temps que sous le nom de peuple je désire passionnément son bonheur. » Ou encore : « Je me soumets à mon penchant aristocratique après avoir déclamé dix ans, et de bonne foi, contre toute aristocratie. » Lui, au moins, ne noie pas le poisson. « J'aime le peuple, je déteste ses oppresseurs, mais ce serait pour moi un supplice de tous les instants que de vivre avec le peuple. » Traduction en vernaculaire : Bidochon, d'accord, mais pas à déjeuner. On connaît, dans notre quartier. Cela aussi crée des affinités.

Oublions ces finauderies, revenons à la stratégie. Pour la tranquillité, jadis, des candidats au bac, qui prévoyaient le coup dès le deuxième trimestre, la loi du couple régit notre littérature – tout comme l'inconscient national – où il est bon d'aller par deux si l'on ne veut pas moisir dans son coin. Racine/Corneille, Bossuet/Fénelon, Voltaire/Rousseau, Balzac/Stendhal : l'exercice est du gâteau mais il ne se découpe jamais à parts égales, d'où vient qu'il faut manier la pelle avec dextérité. Pour répondre à la demande. Il y eut un temps pour Balzac, les nouveaux votent Stendhal. À cheval sur les deux, j'entends encore le piétinement sourd des balzaciens en peine, chevauchés par la vague rieuse des stendhaliens en marche. Les interrègnes ont cet avantage de superposer ce qui s'en va à ce qui arrive, et l'inconvénient de nous asseoir entre deux chaises.

Curieux tour de magie : Stendhal a rajeuni et Balzac, vieilli. La boutique Gucci ne désemplit pas mais la Samaritaine Balzac a vu sa clientèle se clairsemer. Elle était à la fois populaire et sélecte, un mot de trop pour la *smart nation.* Le vaste courant des études balzaciennes se tarit. Elles contribuaient à faire du catholique monarchiste un correspondant de l'Institut du matérialisme historique. Balzac a fait la marche en tête tant qu'il y avait en France des auberges de jeunesse, des ciné-clubs, des bibliobus, du Lukács et de la sociologie marxisante dans les amphis, des troufions dans les casernes, et des militants à « Culture et Travail ». Tant que dura, en un mot, le social-étatisme, décliné en Sorbonne par la sociocritique des intérêts de classes. Fin de saison. L'habitus néolibéral veut le jeune loup solitaire, et sans bagage accompagné.

Nous n'avons plus d'appétit pour la totalité, mais pour la célérité. Nous préférons le profil au type, et l'allégé à l'exhaustif. Nous ne pouvons plus nous intéresser aux malheurs de trois à quatre mille personnages, deux ou trois destinées singulières nous suffisent amplement. Et donner pâture à nos rêves de réussite rapporte plus que de faire concurrence à l'état civil. *Moins,* ici comme ailleurs, c'est *plus.* Surtout quand il s'exonère des trivialités et matérialités de l'existence. Julien, Armance, Mathilde et les autres : on ne sait pas ce qu'ils mangent, d'où sort leur argent, quelle odeur a l'office, quelle couleur les murs du salon. Il n'y a d'ailleurs pas d'office ni d'horaire pour les domestiques, ni de candélabres à allumer, ni d'assiettes sales à laver. C'est Tristan et Yseult, le conte d'amour et de mort, sans avortement, sans matelas, sans courses à faire chez l'Arabe du coin ni fin de mois difficile : la passion en robinsonnade, comme au Club Med, on paye au départ, et ensuite, tout à l'œil.

Mais dans ces passions hors-sol interviennent des ruptures de phase, des foucades, de l'inattendu. Contrairement aux héros sans surprise de Balzac, encapsulés dans leurs déterminants sociologiques ou caractériels, ici, les complexions et situations ne préjugent pas de la suite. Au laisser-courre dans le récit, à cette écriture à claire-voie proche de l'oral et donc proche de nous, qui oralisons la langue, correspondent volte-face et tête-à-queue. Le zigzag, c'est la liberté : la preuve que je ne dépends de personne, ni de moi-même et surtout pas de ma date de naissance.

Nous tenons à nos marges d'incertitude, et la feuille de route qui interdit d'emblée tout recours à un plan B va droit à la poubelle. Nous voulons pouvoir changer de vie à tout instant, de métier, de pays, de partenaire, de ligne politique et même de sexe – automne à Londres, printemps à Frisco et vacances dans les Cyclades. Le stendhalien nous a devancés : il bifurque, se contredit jusqu'à l'absurde, imprévisible, déconcertant. Pourquoi Julien, qui veut gouverner sa vie en calculant tous ses gestes, va-t-il soudain ruiner son plan de carrière en tirant sur Mme de Rênal, pour trois fois rien ? Contradictoire, incohérent, ont dit maints commentateurs. Fautif. Pas crédible. Mais Stendhal plonge sa plume dans la vie, et la vie n'est jamais très sérieuse, elle a ses pirouettes, et souvent le soir fait la nique au matin. Le balzacien file son coton en ligne droite, chacun sous sa pancarte – avarice, amour paternel, lucre, manie collectionneuse, etc. –, et il ne sort pas de là. Ses jours se suivent en se ressemblant, à cet homme-sandwich évadé d'un Muséum d'histoire naturelle. Trop de société, pas assez de liberté par rapport au système. « La société n'existe pas », affirme Mme Thatcher, la moins balzacienne des Premiers ministres britanniques. Un libéral bon teint estime qu'elle ne devrait pas exister. Un libéral grand teint fera ce qu'il faut pour l'empêcher d'exister. Conseillons aux nouveaux Lucien Leuwen de mettre d'emblée sur le marché, et sans remords, les vingt volumes reliés de l'édition Houssiaux de *La Comédie humaine* (1855) que leur a légués leur arrière-grand-père, qui y voyait, bien à tort, « un bien pour toujours ».

Balzac pose sa loupe sur le mobilier d'une maison, sa loge de concierge et l'escalier de service – qui disent déjà beaucoup sur le for intérieur et les mœurs d'un quidam. Stendhal ne s'attarde pas sur ces détails, il coupe aux tunnels, une touche çà et là, une vue sur les Alpes, une douve, un moulin, mais point de ces minuties, de ce bric-à-brac d'accessoires qui nous font parfois tomber *Le Père Goriot* des mains. Chez Beyle, les pages à sauter, il les saute lui-même, ce qui prévient le décrochage. La photo, en rendant fastidieuses les orgies descriptives, nous a déshabitués du besoin de voir par les mots. Le daguerréotype a servi la cause d'un homme pressé, à la pointe sèche. Nous savons par un témoin que, rencontrant à la fin de sa vie Balzac sur un boulevard, Beyle écouta ses conseils « de l'air du catéchumène le plus docile et le plus respectueux ». S'ils venaient aujourd'hui à tomber l'un sur l'autre aux Champs-Élysées, le père de *La Comédie humaine* serait le premier à lever la casquette.

Ultime clin d'œil entre générations : la similitude des *angles morts* ou des *espaces aveugles*. Ce qu'a zappé Stendhal, les moments paniques de la vie collective, c'est ce dont nos cinquante ans de paix (la guerre d'Algérie terminée) ont préservé notre classe d'âge – nous qui n'avons connu ni les bombardements, ni les commandos de la mort, ni les stalags, ni même les croquenots et le barda. Beyle, tout sous-lieutenant de cavalerie à titre provisoire affecté au 6ᵉ dragon qu'il ait été, brièvement, en 1800, n'a pas fait la guerre pour de bon. Nous non plus. Il n'a pas fait la révolution, ni pris la Bastille, nous non plus. Il n'est pas descendu dans la mine de charbon, soucieux, comme Hugo, du travail des enfants. Nous non plus. Les affaires de cœur furent sa grande affaire, la seule. « Je ne retiens que ce qui est peinture du cœur humain. Hors de là je suis nul », dit-il lui-même. Nous nous sommes contentés d'ajouter au cœur un peu de sexe, qu'il réservait, lui, à ses carnets privés (son époque manquant de maturité à cet égard). Il s'est ennuyé dans les Conseils et l'Administration, nous aussi. Recru d'ambitions déçues, sans compter les amoureuses, il n'a pas reçu les hochets qu'il convoitait. Nous non plus. Il a tiré le diable par la queue. Il n'est pas le seul. Ces manques et ces pleins en partage, cela crée des atomes crochus, à deux siècles de distance, comme entre anciens d'une même promo, celle des *moi* livrés à eux-mêmes, sans un seul *nous* de rattachement.

V

CRUELLE IRONIE

Mon enquête sur le paradoxe Stendhal, destinée à mon Collège professionnel, j'aurais aimé pouvoir la réduire à un concours d'élégances, mais le fait est qu'elle déborde sur des questions d'intérêt général, on ne peut plus actuelles. Que le haut du panier soit chez nous stendhalien dans l'âme, quitte à citer Victor Hugo de temps à autre pour se dédouaner, et un fieffé détracteur de la patrie du dollar, une source d'inspiration pour nos jeunes galloricains, oblige à s'interroger sur l'ironie de l'Histoire, et de la nôtre en particulier. Voir un excentrique devenir la coqueluche de l'extrême centre peut faire sourire, mais ce n'est pas la première fois qu'une éthique pour *happy few* se dégrade en *main stream.* Notre société n'est-elle pas devenue une juxtaposition d'insociables, et *Myself,* vous et moi ? L'histoire est un étrange et douloureux divorce entre une idée qu'on lance pour renverser la table et la platitude qu'elle est devenue à l'arrivée, entre une audace et un bilan. Le risque-tout du jour fait le Prudhomme du lendemain. L'appli renverse le logiciel en son contraire, sans craindre, et c'est là que le bât blesse, de s'en réclamer. Pas plus que le communisme à la soviétique n'a fait honneur à Karl Marx, ni le nazisme à Nietzsche, ni le fascisme italien à Sorel, le consumérisme ne paye pas sa dette à l'égotisme, il le met cul par-dessus tête. « Ce qui m'intéresse en Stendhal, dit Jacques Laurent, c'est qu'il est unique et qu'aucun lien ne peut être établi entre lui et quiconque. » L'auteur de *Caroline chérie*, qui a cassé la baraque, s'est intéressé avec d'autres à cette déliaison on ne peut mieux rémunérée. Rendre tous les clients uniques et les convaincre qu'en adoptant telle ou telle marque, ils ne ressembleront à personne d'autre, c'est l'abc du *business*. Stendhal tutoie son lecteur « et le rend fier de l'être », disait Valéry. C'est exact. Comme les adeptes du lyrisme, qu'il n'aimait pas, mais qui ont eu à cœur de nous faire plaindre ou chérir *René*, *Adolphe*, *Delphine* ou *Carmen*, il a mis les prénoms en haut de l'affiche. *Le Rouge et le Noir* a failli s'intituler *Julien*. Hugo nous a légué des surnoms, Stendhal des petits noms, Julien, Clélia, Lamiel, Fabrice – dont l'usage est devenu un *must* partout, jusqu'à gommer le patronyme. Ainsi appelons-nous souvent nos enfants (et l'auteur de ces lignes eut, sous d'autres cieux, Fabricio pour pseudo). Le quidam qui intervient en direct sur l'antenne s'identifie par son *first name*. Comme aux États-Unis, où les Dupont s'interpellent en Bill, Ted ou Donald. Pour Google, je suis Régis. Quand on violait le protocole en 1840, en entrant dans les Palais par la porte de derrière, on détonnait. Aujourd'hui, on rassure. Le chemin de traverse s'est fait autoroute, et le blue-jean avec T-shirt, tenue de soirée des *people* à l'Opéra. Singularité, c'est compétitivité. L'interpellation du premier venu en sujet caractérise le bon communicant, et c'est, pour le jeune loup, un tigre dans le moteur. Ça parle à tous et ça rapporte gros. « De moi à toi » – c'est le pitch du candidat à la députation comme du P-DG grimpant quatre à quatre les marches de l'Élysée.

La formule a rapporté, en 2017, dix-neuf milliards de dollars à Starbucks, la première chaîne de café du monde (350 000 employés appelés « partenaires », 28 000 sites dans 75 pays). Elle en a fait la clé de son succès, en « reconnaissant le client dans sa singularité ». Le « barrister » – c'est dans le cahier des charges – est tenu d'accrocher le regard de l'impétrant dès la porte de la boutique franchie, établir le contact (tout est chronométré) afin que boire un café (garanti éthique, évidemment) devienne une gratification personnelle. Il lui sera demandé, avant de le servir, son prénom, inscrit au feutre sur son gobelet en carton, à lui seul destiné. Un personnalisme payant, la petite sirène en plus. Ainsi un milliard d'uniques chaque semaine, tout autour de la terre, font l'expérience unique de leur unicité en avalant un café, dans une boutique chaleureuse, baptisée par le P-DG (l'Américain Howard Schultz) le « troisième lieu », entre la maison et le bureau. Une halte épanouissante autour d'une table ronde (plus conviviale que la carrée), intercalée entre le *home* et l'*office*, entre le marcel et le nœud pap'.

Ironique est le produit dérivé, mais plus drôle encore, le rôle à endosser, cent ans après, quand un esprit au départ dérangeant finit par arranger tout le monde. Stendhal moquait la caverne de voleurs où les notables boursicotaient, la vulgarité des « intérêts positifs » et une coquinerie généralisée. Il riait sous cape, comme Lucien Leuwen, de « cet ensemble doucereux d'hypocrisie et de mensonges qu'on appelle le gouvernement représentatif ». Le père de Lucien, pour faire honte à son fils tenté par « le pays du dieu dollar », lui rappelle que le comble du méprisable serait de partir pour l'Amérique, patrie de « la médiocrité sotte et égoïste », des « boutiquiers avares et sans imagination à genoux devant l'argent », où chacun est tenu de « faire la cour à son bottier ». Et voilà l'ennemi de l'épicerie, qui se disait « au désespoir de vivre sous le gouvernement de New York » (et qui n'y est d'ailleurs pas allé voir, contrairement à Chateaubriand et Tocqueville), bien en cour auprès de ceux qui veulent importer Manhattan à Billancourt. La France *pro-business* ne voit rien de plus enviable dans sa vie (au diable l'avarice) que de monnayer grassement un *show* à Las Vegas pour présenter la *Mission French Tech* à des Américains qui s'en tapent, et de se faire en passant un selfie devant la Maison-Blanche. « Les Américains de demain », ces *business angels* français qu'il redoutait tant, ont fini par arriver aux postes de commande, et d'un détracteur font un faire-valoir.

L'histoire ne repasse pas les plats ? Allons donc ! Elle ne cesse de les réchauffer. Notre République de managers ne mime-t-elle pas la monarchie de Juillet ? Madame H. modernise son vocabulaire mais pratique le contrepoint. « Le Château » ne désigne plus les

Tuileries mais l'Élysée. On ne dit plus les « capacités » mais les « experts », « l'argent et la vanité » (les deux ennemis de l'esprit aux yeux de notre Dauphinois) mais le « *business* et la *com'* » (l'anglobal amplifie le signal). Les brioches ont fondu, les têtes n'ont plus forme de poire, Daumier s'appelle Plantu. Mais il y a de l'*enrichissez-vous* et du bonus dans le paysage, comme sous Guizot, et les réseaux sont là, qui ne sont plus de chemin de fer mais d'Internet. Les parvenus du Web méritent sans doute plus de considération que ceux du Télégraphe, et le louis-philippard du rang s'est régénéré, au moral comme au physique, affiné par le *fitness*, le jus de carotte et le *gym coaching*. L'anglais de San Francisco est plus *straight* que celui d'Oxford. Il y a du mieux au niveau état-major, mais le sous-off rumine lui aussi la chute de la Maison Usher, « *the total fall of my hope* », comme il l'écrit à sa sœur Pauline en 1814, après l'abdication de Fontainebleau. Les grises mines de l'après-Napoléon sont celles de l'après-de Gaulle, ou si l'on préfère, autres deuils, mêmes dépits, de l'après-Danton et de l'après-Guevara. Il y a toujours un peu de ressentiment chez les croyants renvoyés à leurs souvenirs – jacobins hier, socialistes à présent. C'est la gueule de bois propre au passage des grandes espérances aux menues combinaisons, aggravée par la vague honte que nous inspirent nos propres renoncements ou accommodements avec les messieurs-dames de la fournée montante. Et qui sait, un certain complexe d'infériorité envers les souples d'esprit qui, avec des idées à revendre plein la tête, doivent au fait de ne croire en rien sinon en eux-mêmes, l'atout maître, une disponibilité, une aisance dans l'adaptation au nouveau monde qui font toujours un peu envie, malgré qu'ils en aient, aux psychorigides du monde d'hier.

Réchauffant les « eaux glacées du calcul égoïste », notre *Gulf Stream* nous a soufflé de l'air tiède dans le nombril, avec le bonheur en dix leçons dix euros, brocolis vapeur, respiration zen et semaine en thalasso, sans oublier les belles avancées de ces démocraties *up to date* qui nous promettent de mettre l'homme au centre de « la gouvernance par les nombres ». Quelle sorte d'homme ? Probablement un type efficace, qui sait faire du chiffre, libéré, comme dit l'excellent M. Rosanvallon, « de la société patriarcale, de l'ombre tutélaire des grands chefs et des grandes organisations ». Le bon marcheur, sans cailloux dans la chaussure, syndicats de classe et comités d'entreprise, dans une arène où qui ne joue pas perso se retrouve hors jeu, n'est-il pas à même de trouver un job en traversant la rue ? Avec une foi résolue dans la flexisécurité, ce beau risque à courir ?

Ce qui a, plus sérieusement, transformé, d'un siècle à l'autre, une hérésie en orthodoxie, c'est, semble-t-il, la conjonction de trois imprévus imprévisibles.

Le plus ostentatoire fut un répulsif géopolitique : les pays totalitaires, outre-Rhin et outre-Oural, où le pet de travers est puni de mort ou de prison. Le pas de l'oie, les 1er Mai obligatoires, flambeaux, chants, serments, parades, chorégraphies au sifflet dans les stades, feux de camp à la commande et « centralisme démocratique » : contre la caserne à l'Est, la boutique à l'Ouest. Et une aura de dissident pour le tire-au-flanc.

À ce passé rouge ou brun s'ajoute à présent le vert étendard du Prophète, avec sa devise « unité, foi, discipline » – version néomusulmane de notre « travail, famille, patrie ». Croisement nord-sud des infortunes : en Islam, le *nous* est là pour étouffer le *moi*, et en Europe, le *moi-je* pour étouffer la possibilité d'un *nous*. Et chacun de se sentir justifié par son vis-à-vis, le funeste barbu de la rive sud par la Gay Pride de la rive nord et vice versa. Nos deux larrons s'entendent en se détestant l'un l'autre.

L'inattendu le moins voyant aura été le plus visible, telle la lettre d'Edgar Poe au milieu de la table : l'avènement de la photographie, nouveau régime de réalité, séisme aux effets différés mais inexorables, fort bien pressentis par Baudelaire. « À partir de ce moment-là, la société immonde se rua, comme un seul Narcisse, pour contempler sa triviale image sur le métal » – puis verre, papier et enfin écran portatif. La fracture de l'ordre symbolique par l'empreinte lumineuse des choses (l'image non faite de main d'homme) a révélé la force insoupçonnée du singulier et discrédité à terme les vues générales et partant, généreuses, au bénéfice des particuliers, en annulant les personnes morales incapables d'impressionner une pellicule. D'où l'inversion des valeurs et des prestiges. C'est bien beau de dire, avec Michelet, que la France est une personne avec un seul héros, le peuple, mais qu'est-ce qu'un fantôme qui n'a pas de gueule ni de voix ? Le peuple devient le public (lui, au moins, on peut le voir et l'entendre), et ce ne sont plus « les masses qui font l'histoire » mais les deux monstres grand public engendrés par la caméra : la star et le dictateur. La photo nous a rendus « nominalistes », comme les philosophes appellent ceux qui tiennent les idées générales pour des mots creux, et ne voient de réel que l'individu de chair et d'os, qui fait trace et rentre dans le cadre. La réduction en peau de chagrin du réel au visible nous a brouillés avec les majuscules, en précipitant une esthétique du fragment, une morale du micro et une politique de l'ici-maintenant. Nadar a manqué (de peu) de pouvoir intégrer Henri Beyle dans son panorama de notables posant devant l'objectif mais l'œil de la caméra, c'était déjà celui de Fabrice. L'image mécanique, dont Nadar lui-même déplorait qu'elle pût être « exercée chaque jour dans chaque maison par le premier venu et le dernier venu car elle a ouvert un rendez-vous général à tous les fruits secs de toutes les carrières », a rapidement débouché sur le « fléau daguerrien » dénoncé par Baudelaire, et qui aurait, disait-il, contribué à ruiner ce qui pouvait rester de divin dans l'esprit français. Propos d'aristocrate pessimiste, qu'ont démenti Doisneau et Ronis. Mais quand on voit, en 2018, « Mimi », la reine des paparazzis et du show-biz, en haut lieu, debout derrière le bureau du général de Gaulle, faisant des deux mains le V de la victoire, on se convainc que l'État lui-même et sa majesté ne sont pas sortis indemnes du clic-clac Kodak.

Le dernier de ces pousse-au-jouir inattendus fut, je crois, réflexe et rétractile : le repli de tout un chacun sur son douar d'origine, contrecoup du *global village*. On aurait pu attendre de la mondialisation un changement d'échelle vers le haut, le vaste, le panoramique. Ce fut l'inverse. Plus le champ géographique s'est élargi (avec l'interdépendance des économies et des informations), plus le champ psychologique a rétréci. Plus notre zone de confort est exposée à tous les vents, plus on a besoin de se raccrocher à de rassurantes proximités – clan, tribu, famille ou région. Face au rouleau compresseur du marché et des machins, la réaction vitale et bientôt virale est une sorte de repli intra-utérin. L'élargissement de la planète se compense par le resserrement des focales – *Portnoy et son complexe* ou encore *Mon clitoris et moi* (le fameux best-seller non encore traduit en français).

C'est ainsi qu'un fieffé partisan de l'inutile est devenu une de ces relations utiles qu'il est bon d'inviter à dîner chez soi, on ne sait jamais (pour un portefeuille ou un fauteuil) ; de celles dont on aime à glisser le nom dans la conversation (comme je l'entendais dire encore hier à ce vieil Henri, pas très en forme, vous savez). Utile à quoi, notre frondeur taquin qui nous croit toujours trop bêtes pour le comprendre ? À remplacer la sainte colère par le toupet, sage économie. À donner un cachet d'indocilité au banal *struggle for life*, à la docile compétition pour les places et les « une ». Dans un pays où personne n'aime défiler en rang et encore moins rester dans le rang, on a tout à gagner à se donner un air d'impertinence et d'irrévérence. *Stendhaliser* – le verbe est de Stendhal lui-même – est plus qu'une affaire de standing : une aide au cynisme fonctionnel des meneurs d'hommes. Se servir, non servir. Se préférer, même quand on s'engage. Et cela, par cette ruse de la conscience qu'est la mauvaise foi, consistant, comme disait Sartre, à être ce qu'on n'est pas et à ne pas être ce qu'on est. Dès lors que l'action se conçoit et s'éprouve comme une mise à l'épreuve de sa valeur et son indépendance d'esprit, elle devient inessentielle, un témoin plus ou moins indifférent de notre exceptionnalité. Ce qui me permet, acteur, de jouer tous les scénarios, et de m'habiller tantôt en costume Empire, tantôt en frac orléaniste, tantôt en bras de chemise, peu importe, je remplis mes devoirs institutionnels en tirant la langue à l'Institution. J'ai ainsi deux fers au feu, la position officielle et sa débine officieuse. Je suis sous-lieutenant, député, préfet, conseiller du ministre, banquier ou président, mais si peu en réalité que cela ne compte pas, ce qui permet de retourner sa veste autant que nécessaire en gardant une pleine estime de soi. Je puis obéir au prince sans désobéir à ma conscience. Exemplaire, dans ce duplex, notre consul à Civitavecchia. Le matin, il écrit dans son *Journal* combien le dégoûtent ceux qui cherchent à « flatter le gouvernement de Louis-Philippe auquel tant de libéraux se sont vendus », et rédige l'après-midi à l'intention de ses ministres, Guizot et Thiers, de plates lettres de service où les politesses frisent l'obséquiosité. « Je suis, Monsieur le Président du Conseil, de votre Excellence, le très humble et très obéissant serviteur. » Il y a un bovarysme de l'ambitieux, qui préfère l'esprit de l'action à l'action, en doublant sa vie réelle d'une vie imaginaire beaucoup plus riche, ce qui lui permet d'excuser les manques de la première par le trop-plein sans danger de la seconde. Et qui pousse à dire sans faire, ou à croire qu'on l'a fait une fois qu'on l'a dit. Ce double jeu, c'est coup double pour les roublards qui n'en pensent pas moins. Décrocher sa rosette tout en manifestant, entre deux portes, son mépris des honneurs, c'est du gagnant-gagnant.

On comprend pourquoi le vote corporatif qui a placé Stendhal en tête peut rendre perplexe, sans vraiment étonner, parce qu'il tient moins d'un jugement réfléchi que d'un environnement gazeux dont l'empire est celui de la concurrence libre et non faussée où se conduire en « stendhalien » donne toutes ses chances à la carrière. Il y a des choses qui ne se font pas si l'on veut rester *bankable*, dans la pré-liste des aspirants à telle ou telle sinécure : défiler derrière une banderole, s'inscrire au syndicat de sa boîte, prononcer le mot « peuple » sans vitupérer le populisme, et si l'on tombe sur une retransmission radio de l'« entre ici, Jean Moulin » de Malraux, esquisser un sourire ironique, qui se doit de tourner à l'excédé (enflure, théâtre, toc). Principe de précaution.

Il y a un mot clé qui sert de clé de voûte à cette éthique : le bonheur. L'idée-pilote née au XVIIIe siècle, c'est ce qui nous reste quand le Paradis s'en est allé, quand l'écroulement du Ciel nous rend tout cru à la masseuse thaïlandaise. Nous lui devons le meilleur, la Déclaration des droits de l'homme, avec la *pursuit of happiness* de la Déclaration d'indépendance américaine, et le moins bon, l'obsession des vacances et l'essor des arts ménagers (bonne santé, beaux enfants, bon mari). *Les Choses* de Perec et les *chief happiness officers* des multinationales. On part du bonheur fou et on arrive au *smiley*. Autre déviation de trajectoire…

Notre ami Henri Beyle définit ainsi l'indéfinissable but de nos vies privées : « Le bonheur qu'on peut acquérir est l'état dans lequel on se serait mis à l'abri de toutes les grandes peines. » Et comment y parvenir ? En s'appliquant « à se rendre indépendant des circonstances ». Et quand ce n'est pas possible, à en tirer le meilleur parti, comme Fabrice emprisonné dans sa tour Farnèse. Le bonheur a beaucoup de versions. Celle d'Épicure a fort peu à voir avec « l'idée neuve en Europe » brandie par Saint-Just au-dessus des têtes du Comité de salut public (à couper, en cas de faiblesse). La version stendhalienne n'exige pas d'abolir la mendicité ni d'exproprier les riches pour rendre aux pauvres leur dignité parce qu'au dire du guillotineur bientôt guillotiné, « les malheureux sont les puissances de la terre et qu'ils ont le droit de parler en maîtres aux gouvernements qui les négligent ». Sans doute le désir de voir « augmenter la masse de bonheur qui existe ici-bas » est-il salué en passant par Beyle, qui sait bien ce qu'il entre d'hypocrisie dans le serment attendu de tout gouvernement. Son ambition est plus modeste : elle ne vise ni le salut des âmes ni la santé des corps, car je ne puis rien décider pour les autres, et il n'est de sentiment vrai que de soi-même. Le bonheur rétréci en week-end est à celui du républicain ce que le plaisir solitaire est à l'accouplement – ce qui, au demeurant, limite les risques. Sans doute aurait-il récusé ce que les statistiques nous ont récemment appris : l'étroite association entre bonheur et argent, le sentiment d'épanouissement et le niveau de revenus. Chez notre centralien, le développement personnel exige une morale de l'exactitude. Ce n'est pas au compte en banque, comme à présent, de faire notre bonheur (même s'il y contribue comme chacun sait), c'est à la Raison. « L'art de marcher au bonheur, dit-il, c'est de ne pas se tromper dans ses raisonnements. » Il ne se trouve donc pas dans le pré, comme le professait Rousseau, mais dans le Vrai, comme les Encyclopédistes en étaient convaincus. Seule « une longue habitude de raisonner juste » permettra à tout un chacun d'accéder à la félicité (avec un agenda allégé afin de se rendre disponible pour la *fashion week* du printemps et la rétrospective Warhol de l'automne). En mariant l'art de jouir avec les tables de multiplication, on ajoutera au bonheur des sens celui de tomber juste. Pas besoin de Sécurité sociale ni de coopérative, ni d'une loi des quarante heures pour ne pas se tromper dans ses additions.

Il est un possible déficit de cette « positive attitude » : quand les responsables publics conjuguent leurs verbes à la première personne du singulier, ils se bouchent la vue sur les *nous* en fureur et les forces mythologiques au travail tous azimuts. Elles marchent à l'imaginaire, non à la calculette, et on ne fera pas le clair sur notre dernier Continent noir, qui n'est plus le sexe mais la foi, en réduisant la croyance à un défaut de raisonnement ou un déficit d'information – suivi d'un commode haro sur la calotte. L'individu cogite, et il faut penser seul, mais un groupe croit pour croître ou bien se désagrège. « Il faut se retirer, pour penser, de la foule, et s'y confondre pour agir », notait justement Lamartine. Quand notre matheux, lui, tombe sur des croyants, ce sont toujours des enfants, des femmes ou des benêts (les crétins goitreux des basses vallées alpines jouxtent le Dauphiné). En réduisant l'immense question religieuse à celle du cléricalisme, les esprits forts mais courts ont pris et nous ont fait prendre beaucoup de retard, en France, quant à l'examen positif du fait religieux et des toujours renaissantes sacralités. De l'ombre qui ne cesse de grandir, malgré les progrès de l'enseignement scientifique, et qui gagne aujourd'hui les trois quarts de la planète, qu'ont-ils à nous dire de sérieux ?

C'est la manie des incroyants, en quoi que ce soit : relever le pont-levis. À force d'envoyer paître l'âme, notion trop fumeuse à leur gré, ils n'admettent pas que les autres en aient une, ni qu'ils puissent en tirer de l'énergie, parfois même un peu trop. S'il est vrai qu'avoir trop de certitudes est toujours dangereux, il est bon, néanmoins, pour tenir le coup, d'avoir quelques convictions.

Me vient ici, au stade où j'en suis, une douce rêverie. Il fallait une belle force de caractère sous Louis-Philippe pour opposer un égotisme en pied de nez au raplapla pantouflard du roi bourgeois. Il faudrait à peu près la même aujourd'hui à un insolent pour faire la nique aux managers. Si le trouble-fête que nous fêtons devait sortir demain du cimetière Montmartre pour reprendre sa place en ville, gageons qu'il rallierait les pèlerins d'Emmaüs, rejoindrait *Les Amis de L'Humanité*, remonterait une auberge de jeunesse ou enfilerait un gilet coloré sous le nom de Jacques Dupont. Quand on aime le doigt d'honneur, on ne lésine pas, et à chaque cycle son contre-cycle.

VI

POURQUOI MAINTENANT HUGO ?

La cause est entendue, reste à se rendre aux urnes. Le vote Stendhal a sa logique. Il ruisselle des hauteurs. Sa victoire éventuelle serait celle des maîtres du jeu. Ils sont dans le ton. *Syntones*, et de plus, *synchrones*, parce qu'en période de basses eaux mythologiques, où l'on ne sent plus palpiter un avenir dans le présent, un sourire narquois donne du piquant à une société utilitaire où le farfelu est mis à pied. Quand les fins de mois deviennent notre seul point de mire, il s'opère comme un repli de l'imaginaire collectif sur les psychologies individuelles. Pas de futur ni d'horizon dans l'Europe des dividendes, où maintenant tout est maintenant. Quand l'épique détale, le *biopic* s'étale. Nous n'avons plus d'épopée mais nous gardons l'ironie. Nous n'avons plus de Manouchian mais nous gardons l'humoriste. Normal qu'on se sente en famille, quand on a dans sa poche un cousin de Grenoble, chez qui on ne risque pas de tomber sur des vocables aussi ringards que dévouement, loyauté, conviction, bien commun, grandeur, fraternité ou sacrifice.

À qui met du *molto vivace* dans le poussif, et un frisson de cavalcade dans la chambrée, le régiment ne peut que sourire. On s'y donne des allures polissonnes, à peu de frais. Et chacun de traverser dans les clous en arborant des mines de contrebandier ou d'Indien dans la ville. L'anticonformiste de bon ton a la taille conforme, celle de l'Hexagone. « Une unité de très médiocre grandeur », estime Braudel. 550 000 km^2. Nous avons fait de nécessité vertu en transmuant cette étroitesse géographique en sagesse politique, de manière à pouvoir couper sans peine les deux bouts de l'omelette. La « République du centre », le deux-Français-sur-trois, c'est l'idéal d'un Beyle qui se plaît à rejeter le légitimiste spirituel à sa droite, et le républicain balourd à sa gauche (« il aura plus de feu dans l'âme mais des façons plus rudes »). D'où nos jeux d'équilibre, le ni-ni, le zigzag un peu ficelle qui tire des bords entre deux écueils. Il faut de la malice pour donner des gages en même temps à la blouse comme à la redingote, au rose comme au bleu, et trouver la voie moyenne pour classes moyennes d'une moyenne puissance. *Plus mon petit Liré que le mont Palatin.* Ardoise fine, climat tempéré, force tranquille – le clos de haies échappe aux excentricités des îles Britanniques, au souffle des hauts plateaux, aux ivresses de la steppe. À demeure, le bas de laine tient le manche. *In medio stat virtus.* La conversation du terroir excelle dans l'aimable causerie, entre controverse et badinage, entre Socrate et Sacha Guitry. Comme l'invocation à « toi, le plus irremplaçable des êtres » – entre Stirner, l'anarchiste furieux, qui n'a qu'un guide, « le splendide égoïsme des étoiles », et Brassens, l'anar intègre et sympa, qui ne montre pas trop les dents. L'effronté maison est un diseur de bons mots qui a bon caractère. Un Nietzsche débonnaire, sans Walkyrie ni Siegfried, plutôt Offenbach que Wagner. Un transgresseur qui sait jusqu'où aller trop loin. Si l'homme fut un compromis bâtard entre la bête et Dieu, le juste milieu s'en tient à l'idée d'origine. Il esquive le déraisonnable, et face à l'envahisseur nazi, proclame Paris ville ouverte (à d'autres, la bataille de Stalingrad ou la prise d'Okinawa). Cela s'appelle « passer entre les gouttes ».

Il n'y a pas de loi du sang, mais il y en a peut-être une du territoire, à ranger parmi les « syllogismes du destin ». Il se pourrait bien qu'un tempérament se déduise d'un environnement, avec des espaces prédestinés au *moi*, et d'autres au *nous*. Américains et Russes ont plus d'envergure. Affaire de kilomètres carrés. Pour tenir leurs vastitudes ensemble, il leur faut hisser le drapeau, le porter en *pin's* au revers du veston et en tapisser les salles d'attente et les hémicycles. Outre l'échelle, la religion là-bas leur commande. Le Dieu des orthodoxes est déjà un *moi-nous*, puisque trois en un. Le chœur dans l'église russe récapitule et unifie les voix plurielles dans une plénitude de grâce, et il ne viendrait jamais à l'idée d'un pope de célébrer tout seul sa messe matinale, comme son confrère catholique. Les églises orientales ne sont pas à genoux devant l'archimandrite, c'est le peuple qui est le *christophore*, le porteur du Christ – et le « il est des nôtres », en pays slave, est un sésame qui ouvre toutes les portes (en en fermant d'autres, pour sûr). Les chœurs de l'Armée rouge n'étaient-ils pas des chorales d'église en uniforme ? Le Français de souche flairait là du grégaire et du totalitaire, comme une rumeur de barbarie sous l'unisson. L'Amérique du Nord, de son côté, malgré un Dieu très égocentrique, se souvient que dans le Far West, le soir venu, il faut mettre les chariots en cercle, et faire corps derrière. *America first.* Dans le Middle West, il n'y a pas lieu de se caresser le nombril, vu le démesuré des intempéries, tornades, inondations, sécheresses – où il est difficile de se dépatouiller sans entraide. La nature oblige, et aussi « l'axe du mal ». L'oubli de soi s'impose à quiconque prend les armes. D'où le coude-à-coude derrière la *Star-Spangled Banner.* D'où les chorégraphies merveilleusement synchronisées de la comédie musicale de Broadway, les virevoltes impeccables des *girls* et *boys,* le *tapdance* et le *rap* qui ont fait des USA un *maitronome* irrésistible. D'où, en librairie, ces oratorios, ces chorales, ces requiem où il y a foule et souffle, qui sont rarement le lot de nos PME littéraires. À eux les sagas comme *Guerre et Paix, Les Frères Karamazov* ou *Vie et Destin* de Vassili Grossman, *Les Nus et les Morts* de Norman Mailer ou *U.S.A.* de Dos Passos. Ces œuvres symphoniques ne sauraient se résumer dans un prénom, comme notre musique de chambre. Un pays de grain fin, tout en restrictions mentales, sourires en coin et clins d'œil, comme il en faut à la peur d'être dupe, ne se reconnaît pas aisément dans ces chansons de geste. Voyez le cinéma. Certes, il y eut le *Napoléon* d'Abel Gance et *La Marseillaise* de Renoir, avec *Les Enfants du Paradis,* une réussite hors norme. Mais enfin, pas de *Naissance d'une nation* chez nous ni de *Cuirassé Potemkine* ni de *Metropolis.* Mais *Pépé le Moko, Gueule d'amour* et *Une femme mariée.* On aurait tant aimé que *La Porte du Paradis* de Cimino… Mais non. La bonne franquette préfère la monodie. Puisse le « plan chorale » destiné à l'école primaire inciter nos petits-enfants à chantonner ensemble. Mais toute polyphonie exige une foi partagée – et le sacral ne se décrète pas, pas plus qu'on ne passe commande d'un projet de civilisation. Le cantique est parti se planquer dans les monastères et l'hymne a déserté nos rues, que ce soit *La Marseillaise* ou *L'Internationale.* On ne prend pas la Bastille avec pour slogan un « ne croyons plus en rien ni en personne ». Difficile à mettre sur pied, le Rassemblement des « allez vous faire foutre ».

Reste à savoir si nous pouvons penser et rêver une France qui prenne le large. Si le beylisme est ou non notre port d'attache. S'il existe une autre figure de proue pour notre embarcation.

Je veux le croire. C'est pourquoi je ne voterai pas jeune mais vieux con et (si on me le demande) appellerai à faire affaire avec le grand-père Hugo. Je n'ai rien contre la lignée du canton, en peinture, Fragonard-Constantin Guys-Bonnard, ou en musique, Massenet-Bizet-Offenbach. La grâce légère, élégante et nerveuse. Ce qu'est la clarinette au clairon, le clavecin au piano, le *prestissimo* au *maestoso.* Un art de se dire et d'être français qui effleure et suggère. C'est notre Yin, ne le méprisons pas. Mais il y a un Yang. Un autre répertoire qui inclut l'assaut au Ciel et le Mille Lieues sous la mer. Le bien tempéré ne force pas à ménager la chèvre et le chou, et on peut cultiver la conversation en prenant

Dieu ou le genre humain pour interlocuteur. Percer le plafond de verre et déboucher sur l'étage du dessus, ce sont des accidents qui arrivent, de temps à autre. Le gendelettre a bien souffert l'échappée Hugo – verbe haut, peuple magnifié, majuscules déployées – comme le politicien, plus tard, la parenthèse de Gaulle. Notre Connétable a laissé les prénoms au vestiaire, à commencer par le sien – même si Charles devait parfois l'engueuler sous le képi, et le particulier houspiller le Général, mais pas un mot sur le petit tas de secrets. Preuve que le génie des lieux n'a rien d'une assignation à résidence et que la poudre d'escampette a gardé droit de cité. Certes de Gaulle s'en est allé, et une brise de terre est arrivée. L'heure n'est plus aux extravagances.

Il faut un embrasement au kilomètre zéro de l'Hexagone et l'heureuse rencontre entre un livre et un malheur pour qu'on sorte de son Panthéon l'auteur du « Tas de pierres ». Les apparences sont sauves mais les génuflexions, obliques. Les gardes républicains sont là, centenaires, docudrames et biographies. La coutume était jusqu'ici de saluer l'amant infatigable comme si on préférait le satyre au cyclope ou les fredaines aux fulgurances. On trouve même de talentueux chroniqueurs pour l'accuser d'avoir mis à mort la peine de mort et instauré « le culte du criminel » en hissant les voyous sur le pavois. Il aurait fait du peuple un mythe, au lieu de le regarder pour ce qu'il est, une sale bête à mater. Il aurait dressé un autel à Cosette, en suscitant larmes à l'œil et chromos. Ne soyons pas dupes d'un éphémère retour en grâce. Pendant que l'opinion commémore sans consommer, et achète *Notre-Dame de Paris* par curiosité, rappelons-nous certains haussements d'épaules avant cette brève apothéose. Voici ce qu'un chouchou de la scène artistique me soufflait il y a peu, entre deux portes. « Ton Hugo ? Prêchi-prêcha. Primaire. Bête comme l'Himalaya. Ça couche avec la bonne et tout ce qui passe, ça compte ses sous chaque soir, ça fait tourner les tables, ça soigne sa pub sur son rocher. C'est gonflant et même chiant. » *Sic.* Ainsi parlent nos postmodernes, soucieux qu'ils sont de se faire comprendre. Tel est le fond de l'air. Que fait-on devant un senior un peu échevelé qui se prend pour Victor Hugo, comme Victor lui-même, autant dire pour Dieu le Père puisque « le mot, c'est le Verbe et le Verbe c'est Dieu » ? On envoie l'halluciné à Sainte-Anne. Le junior talentueux qui se voit en Julien Sorel moins la guillotine, en Lucien Leuwen qui ne tombe pas de cheval, on le catapulte au sommet en deux temps trois mouvements.

Il y a belle lurette que notre barbu barbant agace les fines mouches. « Notre plus grand poète, hélas », murmure André Gide. « Hugo est un milliardaire. Ce n'est pas un prince », ajoute même Valéry. Et c'est vrai qu'il force la dose. Il exagère. Trop de dons réunis en un seul homme. Il n'élague pas parce qu'il divulgue, et le souci du *vulgum* n'a rien de princier. C'est *too much.* Un million de riens du tout derrière le corbillard des pauvres, cela manque de chic. Envoyer des lettres ouvertes à tous les présidents et monarques de la terre, faire le Burgrave, l'écho sonore du siècle, le mari de Marianne et le parrain d'une Europe de rêve, le cumul des mandats passe les bornes. La revanche du petit malin sur le grand bonhomme, c'est celle de la saillie sur la tartine, et de la nouvelle sur l'épopée. Les lauriers précoces du jeune Hugo ont terni son image, quand l'insuccès de Stendhal, de son vivant, l'a rehaussée. Ce qui est appelé à demeurer ne nous arrive-t-il pas en rasant les murs, la mine basse ? Ne bombez pas trop le torse, ne courez pas après les couronnes, Messieurs les candidats à la plaque bleu émail. Ces salauds de survivants pourraient vous le faire payer et, sitôt passé l'arme à gauche, vous expédier dare-dare au trou, sans valeur ajoutée.

Une fois enterré en grande pompe, le porte-parole des déshérités a joui d'une rente de situation. Une avenue et une place à Paris, au cœur des beaux quartiers, une station de métro, une maison-musée place des Vosges, d'innombrables lycées et collèges en région, alors que Stendhal n'a eu droit qu'à une modeste rue dans le vingtième arrondissement. Et au Panthéon, en mai 1981, pas de rose sur son tombeau, pourtant tout à côté de ceux de Jaurès, Jean Moulin et Schœlcher. Dans la bibliothèque personnelle de François Mitterrand, pas de *Légende des siècles*, mais, à côté de Chardonne et de Nimier, des Stendhal annotés de sa main. Et quand il s'est agi de donner son nom à nos établissements culturels à l'étranger, face à l'essor des Instituts Goethe et Confucius, les sénateurs ont mis le holà et l'affaire a tourné court. Pour une fois que la France ne serait pas montée en première avec un billet de seconde, elle a laissé passer sa chance, et l'occasion de planter un géant dans un parterre de nains de jardin. Grâce à l'école laïque et au cinéma, deux Français sur trois connaissent de nom Cosette et Gavroche, et peu importe qu'un sur dix mille ait lu *Les Misérables in extenso*, parce qu'il faut pour cela huit jours minimum à temps plein, dans une cellule ou au grenier, sans télé, sans enfant, et avec un Littré sous la main. Heureusement, de loin en loin, une comédie musicale permet d'abréger cette traversée de la condition humaine, et quand le *show* nous vient d'Amérique, en général sans indication d'origine, cela nous fait tout de même une belle soirée. Et puis, quand un scrupuleux veut rétablir l'attribution, on lui répond confort, accessibilité, encombrement. *Quatrevingt-treize*, qui dit le tout de la Révolution, c'est tempête sous un crâne. La *Vie de Henry Brulard*, c'est plus *cosy*, et peut se lire au lit. Le Français à talonnettes pourra se rêver hugolien en se haussant sur la pointe des pieds ; rendez-lui ses mocassins, il s'avouera en fait stendhalien. Un sourire d'excuse aux lèvres, avec l'air modeste de celui qui, arrivé en retard, ne veut pas troubler la cérémonie et reste ostensiblement dans son coin. La contre-culture *in* et le snobisme des intellectuels étrangement dits de gauche ont convaincu les représentants putatifs des sans-dents que parler de Hugo, ça fait vieille lune, école primaire et blanc mousseux de sous-préfecture. Populiste, en un mot. Dans le supérieur, on évite.

Je ne disputerai pas le fastidieux d'une vie d'octogénaire, qui n'a pas l'enlevé du météore, l'ennuyeuse justesse des causes défendues (droits de l'enfant, de l'ouvrier, de la femme...), et le plus empoisonnant, les bons sentiments. Je pourrais brocarder, chacun son tour, l'alexandrin au kilomètre, le ronron oratoire, le bric-à-brac moyenâgeux, le sépulcral, le caverneux et l'emphatique. Mais je n'ignore pas non plus ce qui motive au fond ces lazzis répétitifs. Ce qu'on ne pardonne pas à « Victor-Marie, comte Hugo, pair de France et membre de l'Institut », c'est le parti pris des paumés. Voilà qui est assommant ou pire, démagogique. Passer de Charles X, quand on a vingt ans, à Louise Michel, quand on en a soixante-dix, c'est un contresens. L'itinéraire balisé, c'est l'inverse. Débuter avec Mao et la Cause du peuple, et finir avec M. Bush et les missiles de l'Occident. Et non passer de poète de cour à poète de rue. Tout conscient qu'il était que « le devoir des lions est de vieillir toutou », l'enfant sublime a pris du ventre sans faire le beau devant les chiens, manquant ainsi à tous nos devoirs. Si l'homme de gauche est excusable parce qu'il y a de tout dans la nature, un écrivain de ce bord-là est toujours suspect de prêchi-prêcha. Les optimistes, c'est bien connu, écrivent mal. Et voilà un espiègle, un coquin qui mêle le grotesque au sublime, le badin au profond. Son goût du fantastique ne l'empêche pas de dénoncer la torture en Algérie (1847), de vouloir amnistier les Communards, abolir la censure et réclamer du laïque. Un vrai poète se doit d'être un maudit ou un incompris dans sa tour d'ivoire ? Celui-là fut aimé des bistrots et des péquenots. Le RER à six heures du soir, Paris-plage le 15 août. Pour quiconque vise une place sur le marché de l'exquis, le repoussoir parfait. Aussi bien le directeur de l'Académie française, Maxime Du Camp, que son chancelier, un certain Rousset, se sont-ils fait porter absents, pour « raisons de convenance personnelle », aux funérailles de leur confrère. Trop de casquettes au rendez-vous, nous, les hauts-de-forme, on ne se mélange pas. Il y avait, dans l'icône, un iconoclaste, un traître à la compagnie, doublé d'un susceptible prenant bêtement la mouche pour un rien. Pourquoi aller faire la gueule sur un rocher, en 1851, quand un neveu d'esprit avancé et londonien, Napoléon III, vient rétablir le suffrage universel, développer la banque et les chemins de fer et transformer, avec le préfet Haussmann, un Paris vétuste en une métropole salubre et aérée ? C'était bien la marque d'un vieux con, n'est-ce pas, obstinément gothique et tournant le dos à la modernité.

Ces griefs ne me convaincront pas de renvoyer dos à dos un joyau de culture et une force de la nature. Ce n'est pas seulement le diable qui niche dans les détails, mais aussi le plus divin. Qu'on me permette d'y entrer, pour expliquer mon vote. Procédons par ordre, et commençons par rétablir les hiérarchies.

Notre-Dame est une œuvre d'imagination, et Quasimodo, Esméralda, Frollo, des créatures de fiction. *Les Misérables* est une œuvre d'histoire et d'histoire du présent. Enjolras, Fantine et Javert sont de nos connaissances. Ils étaient là encore ce matin, parmi nous. En passant du pilori à la guillotine, du plomb fondu à la barricade, des archers du guet au canon de la garde nationale, de Mgr le cardinal à M. le ministre, Hugo saute du rétro au néo, des gueux aux prolos, de Walter Scott à Proudhon, et le jeune Marx pointe le nez. Un pas de géant et qui nous concerne. *Les Illusions perdues*, *L'Éducation sentimentale*, *Voyage au bout de la nuit* sont des chefs-d'œuvre. *Les Misérables* constitue notre roman national, parce qu'en tirant les bas-fonds vers le haut, en dénonçant des iniquités au nom de l'égalité, le genre romanesque quitte l'imaginaire pour le mythe. Hugo pratique le mentir-vrai. Il ne campe pas des personnages, il les transfigure. C'est l'intrusion de l'ineffable dans le rapport de police, et de la Providence dans le feuilleton. On en sort tous grandis.

Il ne fuit pas la « vile multitude ». Il accueille les bruits de la rue, et les étrangers réfugiés à Paris (Russes, Allemands, Polonais, etc.). Il considère les anonymes. Il les accompagne. Nous autres, nous vantons les droits de l'homme, mais tolérons assez mal *les* hommes concrètement réunis. Le solo, non la chorale. Le clavecin, non le tuba. Allez-y dans les vocalises, mais arrêtez-vous après l'aria. D'où « cette littérature abstraite et ardente, plus sèche et plus légère que toute autre, qui est caractéristique de la France » (Paul Valéry). À l'opposé du symphonique. D'où vient que le titre qui marche est au singulier, le pluriel porte la poisse. *Aurélien*, oui. *Les Communistes*, non. *Jean Barois*, oui. *Les Thibault*, non. *Corydon*, oui. *Les Faux-Monnayeurs*, non. *L'Enfance d'un chef*, oui. *Les Chemins de la liberté*, non. *Knock*, oui. *Les Hommes de bonne volonté*, non. Etc. Ce n'est pas de leur faute, à nos bons ouvriers. C'est nous, lecteurs, qui fermons l'obturateur dès qu'on sort du trio canonique – le mari, la femme et l'amant. Hugo, lui, ose, sans coup férir : *les* Misérables, *les* Travailleurs de la mer, *les* Châtiments, *les* Orientales, etc. Ainsi que le goût des plans larges et des longs *travellings*, comme son Waterloo dans *Les Misérables* reconstitué sur grand écran, avec tous les acteurs dans le champ, du maréchal au tire-laine, mais sans les tremblés, les bougés du stendhalien qui passait par là caméra à l'épaule. C'est l'Histoire contre la *story*.

Il faut bien mesurer l'ouverture de compas qui embrasse le tout de la bête humaine, bas-ventre, cœur et cervelle parce que « le même sentiment dit oui et non dans le cœur de l'homme ». Stendhal réduit l'homme à l'individu, Hugo voit l'homme à travers l'individu, à savoir, en une même complexité concentrée, la nuit et le matin. Le hélas et le tant mieux. Le pot de confiture et le martyre. L'homme au complet : il baise, il rêve et il prie. Sans cesser de tenir les deux bouts de la chaîne. Il y a de l'hénaurme dans la bricole, comme dans le *Ceci tuera cela* de l'archidiacre Frollo devant Notre-Dame pressentant que la Bible de Gutenberg va abattre la Bible de pierre, et le papier, le pape. « Hélas, les petites choses viennent à bout des grandes, une dent triomphe d'une masse, le rat du Nil tue le crocodile, l'espadon tue la baleine, le livre tuera l'édifice – et la théocratie médiévale. » Comme le smartphone tue sous nos yeux la Chambre des députés – et la démocratie représentative. Médiologue avant la lettre, notre visionnaire. L'ancien royaliste a d'ailleurs moins de problèmes avec les pékins que notre simili jacobin. Ce dernier entend « peindre les habitudes de la société actuelle », et *Lucien Leuwen* passe pour le grand roman politique du XIXe siècle, à ceci près qu'il ignore ceux d'en bas. Il va et vient entre la noblesse et la bourgeoisie, les salons à la mode et les cabinets ministériels – mais ne s'aventure pas en dehors du plus huppé. Quand Hugo dit : « J'ai eu deux affaires dans la vie, Paris et l'Océan », il ne sépare pas les deux, et il y a une rumeur d'océan dans ce Paris fantastique, comme il y a de l'Enfer dans ses égouts, du Jésus-Christ dans Jean Valjean, et de la Vierge Marie dans Fantine. Son Paris inclut les Tuileries et les taudis. La ville haute et la ville basse. Les Pairs de France et les loubars. Éros et Thanatos. Le charnier et l'alcôve. *La Légende des siècles* et *Choses vues*, le « je crois en Dieu » et l'anticlérical. En chinois, paraît-il, le paysage se dit *shan-shui*, « montagne et eau ». Le paysage hugolien raccorde le ciron à l'étoile. « Pas de musique sur mes vers ? » Elle est déjà dedans. Stendhal illustre une culture située et datée. Hugo s'évade de la chronologie : il résume une civilisation – en sorte que notre actualité s'y retrouve sans peine.

Le reportage le plus exact sur les tumultes des derniers mois, n'est-ce pas le chapitre des *Misérables* intitulé « Un enterrement : une occasion de renaître » ? Il relate les obsèques, à Paris, le 5 juin 1832 du général républicain Lamarque, dans une cohue qui tourna à l'émeute et frôla l'insurrection. Les observations et réflexions sur ce qui distingue et relie à la fois une révolte et une révolution, une foule et un peuple, une colère et un soulèvement constituent une leçon d'histoire et de sociologie. Il y a d'abord la description au plus près de la trombe sociale, avec l'hétéroclite d'un rassemblement où l'on trouve autant de monarchistes et de bonapartistes que de vrais républicains, le passage des clameurs et du jet de pierre à la barricade, l'arrivée des pillards venus des faubourgs, le désarroi des gardes nationaux et de la cavalerie municipale, submergés par l'inattendu, et bientôt le retournement de la boutique contre les émeutiers (« les magasins se ferment, les étalages des marchands disparaissent ; puis des coups de feu isolés ; des gens s'enfuient ; des coups de crosse heurtent les portes cochères »). La foule est fébrile, incohérente et composite. « Il y a de certaines agitations qui remuent le fond des marais et qui font monter dans l'eau des nuages de boue. Phénomène auquel ne sont point étrangères les polices "bien faites". » Pas naïf pour un sou, notre humanitaire. Il sait de quoi est faite une émeute – « de rien et de tout, d'une électricité dégagée peu à peu, d'une flamme subitement jaillie, d'une force qui erre, d'un souffle qui passe… ». Il sait aussi que si les révolutions renversent les régimes, les émeutes « raffermissent les gouvernements qu'elles ne renversent pas ». Il ne donne pas le Bon Dieu sans confession aux *Misérables*, qui mêlent le rouge et le noir, ceux qui subissent l'injustice et ceux qui la commettent, un Jean Valjean et des Thénardier. Cette mêlée « ayant la fraternité pour base et le progrès pour cime », il est tentant d'y voir une « épopée de la canaille », mais attention : Hugo précise dans la solitude de l'exil (là « où vous avez la redoutable aisance du vrai, sauvagement superbe ») par un mot admirable et troublant : « La canaille, c'est le commencement douloureux du peuple. » Et d'ajouter, sans illusion, « pauvre grand peuple, inconscient et aveugle ! Il sait ce qu'il ne veut pas, mais ne sait pas ce qu'il veut ». On lui a emprunté cette formule : « la foule est traître au peuple », pour disqualifier les campeurs des ronds-points. Ceux qui la reprennent à leur compte n'ont pas lu toute la page, où pour impures qu'elles soient, les foules, et leurs débordements, se voient reconnaître une obscure fécondité. Après tout, « la canaille suivait Jésus-Christ ». Hugo a inventé le terme d'*ochlocratie*, tiré du grec, « gouvernement de la foule », mais il n'a jamais exclu que d'une foule puisse sortir un avenir, et d'un torrent un fleuve, conduisant quelque jour à « l'océan révolution ». C'est du moins le pari qu'il fait, toujours optimiste mais sans nous dorer la pilule, car cet homme des lumières en connaît toutes les ombres. Laissons-lui la parole : « Les gueux attaquent le droit commun ; l'ochlocratie s'insurge contre le démos. Ce sont des journées lugubres ; car il y a toujours une certaine quantité de droit même dans cette démence, il y a du suicide dans ce duel ; ces mots, qui veulent être des injures, gueux, canaille, populace, constatent, hélas !, plutôt la faute de ceux qui règnent que la faute de ceux qui souffrent ; plutôt la faute des privilégiés que la faute des déshérités. »

Ensuite, au-delà du reporter des *Choses vues*, il y a ce que Valéry appelle « l'homme d'Univers », façon Shakespeare, Goethe ou Léonard de Vinci. On ne compte plus les pays et les peuples qui ont sollicité sa voix et qu'il n'a jamais déçus : Italie, États-Unis, Irlande, Portugal, Haïti, Chine, Mexique, Russie, Crète, Allemagne, Cuba, Serbie, Brésil. Une Tricontinentale à lui tout seul, quitte à se brouiller avec les puissants comme avec les siens, prenant le parti des Mexicains insurgés contre les occupants français. On a déjà remarqué qu'à la découverte de cette idée neuve, la Nation, a correspondu, au XIXe siècle, un recul dans l'appréhension du monde comme totalité. Hugo n'est pas de ce jeu à somme nulle. Sans renvoyer l'Hexagone à sa médiocrité, il élargit son champ de vision à la mappemonde. Prophète en son pays, avec un *Claude Gueux* en avance d'un siècle sur l'abolition de la peine de mort, il l'est aussi avec *Bug-Jargal*, où s'annoncent les soulèvements de Saint-Domingue et des Caraïbes, et *Han d'Islande*, les révoltes des mineurs norvégiens. D'ordinaire, ce qu'un observateur gagne en surface, il le perd en profondeur, et quand l'angle optique s'élargit, le propos perd de son sel. Ce n'est pas le cas avec lui. D'où vient que notre Atlas est plus aimé à l'extérieur qu'à l'intérieur. Verdi tire son *Rigoletto* du *Roi s'amuse*, Marius et Fantine triomphent à Hollywood, *Les Misérables* a fait palpiter les *barrios* comme les paillotes. J'ai entendu jadis le Vénézuélien Chávez évoquer Jean Valjean, et le successeur de l'oncle Hô, le Vietnamien Pham Van Dông, réciter *Morne plaine.* Ne dit-on pas que le petit Géorgien Djougachvili, plus connu sous le nom de Staline, a été détenu par la police tsariste pour avoir planqué dans son galetas un volume de Hugo en russe ? C'est embêtant, d'accord, mais quand on reçoit beaucoup de monde après sa mort, impossible de filtrer les entrées.

De plus, sans tourner le dos aux imbroglios de la terre ferme, Hugo s'est confronté à l'Océan, lequel, dit-il avec humour, « n'est pas exempt d'enflure ». Comme il y a une France en balcon sur la mer et une autre sur la Beauce et les bégonias, il y a les écrivains de marine et les autres. Des premiers, c'est le plus lyrique. Stendhal n'a pas le pied marin ni la tête à l'immense. Ce perspicace est myope : il ne voit pas la mer, « la mer sans laquelle aucun paysage ne peut se dire parfaitement beau » – note-t-il pourtant dans *Lamiel*, en passant. Et néanmoins, il la craint. Pas d'épisode marin dans son œuvre, mais, en 1833, une parenthèse fluviale – une descente du Rhône en bateau à vapeur, de Lyon à Avignon, où il côtoie George Sand et Alfred de Musset en fuite pour l'Italie. (Ils ne garderont pas le meilleur souvenir de « cet homme gras et d'une physionomie très fine sous un masque empâté », « satirique et railleur à quelque moment qu'on le regardât », le trouvant au départ fort aimable, mais à l'arrivée, dans une auberge, le voyant danser autour de la table avec ses grosses bottes fourrées, « quelque peu grotesque et pas du tout joli » – Sand, *Histoire de ma vie*.) Stendhal est un terrien policé, un classique, et les auteurs classiques détestent l'eau salée. La houle a quelque chose de sauvage et d'incontrôlable qui éloigne autant des boudoirs que des bouges, du bridge que de la belote, et incite au grand jeu. Quoi de moins scrutin d'arrondissement que l'Atlantique ou le Pacifique ? Et quoi de plus insolite, pour un produit du terroir, qu'une sépulture au Grand Bé, fouettée par les vents ?

Nous avons beau avoir notre compte de lacs, de fleuves et de canaux, la deuxième zone maritime exclusive du monde, après les États-Unis, trois grandes façades sur mer, la Corse et la rade de Brest, l'esprit de famille a pour ultime réduit et terre de salut, en cas de coup dur, le Massif central, ou le Puy-de-Dôme.

Pulsion centro-maniaque, qui en a conduit beaucoup à Vichy pour plus de francité. Comme si les éléments avaient distribué les atouts aux divers morceaux de l'archipel européen. La mer, à l'Angleterre. La forêt, à l'Allemagne, la montagne, à l'Autriche, et la *meseta*, à l'Espagne. Et nous, malgré le Mont-Blanc, les criques et les calanques, le coteau. Pour avoir sévi jadis à la tête d'un haut conseil du Pacifique Sud, je puis témoigner de la profonde indifférence, étanchéité, allergie de l'indigène à l'ultra-marin. Les choses du dehors intéressent quand elles touchent aux frontières, de l'autre côté du Rhin, par exemple. Au-delà, c'est une astreinte, non une inclination. Jean Bart et Duguay-Trouin, corsaires émérites, ont relevé l'ordinaire avec Loti, Segalen et Jules Verne, mais rien ne peut faire qu'il y ait un Trafalgar dans le placard, une flotte sabordée à Toulon, et pas de second porte-avions qui seul rendrait le premier efficace (autorisant une permanence à la mer). Notre vanité se console avec Iéna et Austerlitz, glorieux souvenirs – le plat sourit au paysan. Hugo tranche dans un pays qui, pour son malheur, s'est toujours fié plus à la pierre qu'à la voile.

Tout en se coltinant son siècle, il fait place aux arrière-mondes comme à l'outre-monde. Il y a dans les grondements marins un principe monstrueux d'extralimitation – « ce qui se fait là ne regarde plus le genre humain » – qui a le don d'éclipser les scandales du jour, les questions de classe, de race et d'opinion. C'est un accroissement cosmique de nos chiens écrasés. La fréquentation des gens de mer et un souffle salé en pleine figure aident à reclasser les affaires en cours dans le grand dossier de la Nature, et non l'inverse. Et Hugo, écologique parce que cosmologique, n'a jamais été aussi grand, fécond et même serein, que durant les vingt années d'exil passées à «jouter avec l'immense tourment des flots» du haut de Marine Terrace. «Là, je me sens sur le vrai sommet de la vie. Je mourrai peut-être en exil mais je mourrai accru. Tout est bien.» L'Océan à perte de vue – depuis le rivage, en tout cas, pour ceux, comme Michelet, qui ont le mal de mer – aide à prendre du champ. Quel rapport, pour le dessin, entre les lavis à plume d'un visionnaire et les crobards hâtifs d'un touriste? Entre le sentiment de l'infini et les notations d'un esprit fin? Entre les lions de mer et les tigres de salon?

Ne nous cachons pas, cela étant, que si l'arrière-pays a des œillères, l'immensité liquide a entre autres périls celui de faire travailler du chapeau. C'est le hic de l'océanique : l'embarquement pour Cythère. Nécromancie, occultisme, théosophie. Hugo communique avec les morts. Il entend des frappements mystérieux à son chevet, des voix inconnues qui lui disent : «Emplis ta tombe de résurrections.» La Sibylle avait son trépied, lui a ses tables tournantes, qui lui font écouter chaque soir les remerciements de Napoléon Ier, Dante, Shakespeare et la voix de Léopoldine, sa fille noyée. La télépathie, prélude au téléphone. Le somnambule se demande s'il renaîtra scorpion, crapaud ou cygne. Le flâneur prend un crabe en pitié, et prie devant des choux-fleurs. «Du sublime au ridicule, disait Napoléon, il n'y a qu'un pas», et se moquer du socialo-occultiste, comme l'ami Philippe Muray, est devenu un exercice obligé. Accordons qu'à trop larguer les amarres, on finit par extravaguer, et divaguer gentiment. Ainsi des songeries chauvines sur les États-Unis d'Europe, rituellement citées par nos politiciens qui apparemment ne se reportent pas à l'original, lequel n'évoque qu'une France devenue Continent, capitale Paris, et ne parlant qu'une langue, celle de Molière. Plus de frontières, donc plus d'armée, fusion des cœurs, embrassons-nous, Folleville. La France, la « Grèce du monde », a une mission : illuminer les pays barbares encore dans la nuit. On sourit. On est gêné. Qui trop embrasse mal étreint, n'est-ce pas ? La tentation du Grand Large, c'est le plan sur la comète – dérive étrangère au régional de l'étape. L'illuminé manquait de circonspection, c'est entendu, parce que « rendre la lumière suppose d'ombre une morne moitié ». Notre petit rationalisme (il en existe un grand, rassurons-nous) lui en fait grief, et peut même nous faire rigoler avec ses exercices de lévitation et ses passes magnétiques. La supériorité du pensif sur le penseur, descendre au plus profond et s'élever au plus haut, a pour contrepartie une tendance à confondre le mystérieux avec le nébuleux. Mais est-ce qu'on ferme la SNCF parce qu'il y a des accidents au passage à niveau ? Faut-il se moquer de la lune à cause des lunatiques, éviter le soleil à cause de Mme Soleil et mettre le spirituel à l'Index parce qu'il y a des spiritistes ? Convenons que ce serait imprudent. « Si vous abandonnez ces faits, avertissait notre mage finalement assez sage, prenez garde, les charlatans s'y logeront et les imbéciles aussi. » Le partisan d'une laïcité d'intelligence peut se reconnaître dans cette mise en garde, et excuser les dommages collatéraux d'un émerveilleur qui n'avait pas froid aux yeux. Moitié Moïse, moitié Père Noël, il n'a jamais eu la bêtise de tenir les invisibles pour inexistants. « Que deviendrions-nous, demande Valéry, sans le secours de ce qui n'existe pas ? » Hugo lui a répondu par avance : rien. Pas même des roseaux pensants. Les autres espèces gardent le museau sur le boire et le manger. Hugo est « un homme qui pense à autre chose ». Tous les libres-penseurs – et nos deux compétiteurs le sont – n'ont pas cette aptitude à s'absenter, qui est un réalisme politique, puisque seul l'irréel peut fédérer des volontés. On ne se serre vraiment les coudes qu'au nom de quelque chose, ou de quelqu'un, plus grand que nous, qui nous magnétise à distance, et par sa distance même.

Finalement, la question posée par notre futur Référendum d'initiative culturelle est de savoir s'il y a place pour deux France en France, comme il y eut deux Charente en Charente, la maritime et l'intérieure ? Ou comme il y a le canal des deux mers, entre l'Atlantique et la Méditerranée. Marc Bloch distinguait, tout en militant pour les réunir – au point d'en mourir, comme Résistant –, les deux lignées, Sacre de Reims et Fête de la Fédération. Le dimanche de l'Histoire, c'est quand elles marchent main dans la main, une fois par siècle, rarement deux. Le régime de croisière, c'est un mouvement pendulaire entre un trop et un pas assez de laisser-faire. Soit on sacrifie l'égalité sur l'autel de la Liberté, ce qui profite toujours aux riches, soit on sacrifie les libertés sur l'autel de l'Égalité, ce qui profite rarement aux pauvres. N'y aurait-il, sur la durée, qu'une alternance entre deux excès, diastole et systole, dilatation et contraction ? Tantôt une France extravertie, debout, amie des rébellions, participant aux affaires du monde pour le meilleur et le pire – l'universel étant souvent colonial –, tantôt une France rechignée, ne parlant que gros sous, incapable de dire non aux empires. Tantôt hautbois, tantôt grandes orgues ? C'est à chacun de choisir, selon son tempérament et la conjoncture. Sans oublier que ces deux France ont leurs torts, voire leurs turpitudes, et que, jamais à court de munitions, chacune des deux a un réquisitoire en poche contre l'autre.

Deux en une ? Et pourquoi pas ? Ce n'est pas une raison pour battre froid à ceux qui, nous sortant de nos zones de confort, en voient des vertes et des pas mûres. Ceux-là ne connaissent de paix que posthume. On imagine mal, après coup, la haine qu'ils ont suscitée, et combien la raillerie, cette politesse de l'intolérance, s'en donne avec eux à cœur joie. Que n'ont dû déguster les océaniques maison ! Hugo Ego, ce fut « Jocrisse à Patmos », un homme « éternellement de l'An Mil » pour Barbey d'Aurevilly, « un style incorrect et bas » pour Flaubert jugeant du romancier malgré des louanges au poète dans ses missives, l'auteur d'« une très mauvaise action » pour la presse catholique, et, ajoute Zola, un vieillard affecté de « gâtisme humanitaire ». Le grelot accroché aux basques du phraseur, du jongleur, d'une mécanique verbale sans fin ni frein, c'est le « pas de fond », le « difforme », l'« absence de cœur », le « démagogue », « un homme dangereux » (voir Vigny, Balzac, Sand, les Goncourt, etc.). Pour de Gaulle, le fourrier du communisme, la baderne, le provocateur, l'illusionniste, le fourbe (pour un compendium des bévues, voir *Le Style du Général* de Jean-François Revel). Le poussiéreux, l'étriqué Charles Maurras qui vouait Hugo aux gémonies – « protestantisme, criticisme, romantisme, démocratie, *hugocratie,* toutes ces étrangetés se tiennent » – ne pouvait qu'adjoindre à sa liste noire l'escogriffe de Londres. Évidemment, à la longue, la force des choses aidant, les professionnels de la profession doivent composer, tricoter, faire mine de. Le « de Gaulle, hélas » côté travées parlementaires, se ravale, comme le « Hugo, hélas » côté petit doigt en l'air. Les successeurs sont à leur poste, à l'heure du dépôt de gerbe, des centenaires et du garde-à-vous à Colombey ou au Panthéon. Ils se calent sur les timbales, mais voient d'un mauvais œil les légendes non professionnelles et persistantes. Trop encombrant. Nos secrétaires d'État à limousine et vitres fumées ne prennent pas le métro à six heures du soir. Un *start-upper* hugolien, comme un cardinal voltairien ou un notable gaullien, ce serait le trèfle à quatre feuilles. Un avis de recherche sous forme de petite annonce dans *Libé* demandant à cette perle rare de bien vouloir se signaler est resté jusqu'à ce jour sans réponse. Il n'est pas nécessaire d'espérer pour réitérer. On recommencera. Qui sait si nous ne verrons pas un jour un président de la République en photo avec, en évidence sur son bureau, *Les Misérables* dans la Pléiade ?

On peut toujours, et ce n'est pas faux, accuser l'hurluberlu de tendre ses filets trop haut, en nous obligeant à agir et penser au-dessus de nos moyens, matériels et spirituels. Mais c'est justement par quoi il nous subjugue : parce qu'il manque des qualités propres à notre milieu, en ayant celles qu'il n'a pas. On l'aime, cet entraîneur, parce qu'il ne nous ressemble pas. En sollicitant notre imagination plutôt que notre carte d'identité, il obtient de nous des dévouements inattendus (on n'en revient pas soi-même).

Notre-Dame de Paris sera restaurée, à brève échéance, paraît-il. Combien de temps faudra-t-il pour remettre sur son socle l'auteur des *Quatre Vents de l'Esprit*? Il n'y a pas que le patrimoine en dur, il y a aussi des spectres auxquels on offre des chrysanthèmes pour qu'ils ne viennent pas à nouveau nous hanter. « Ces histoires anciennes, vraiment ? Il n'y a pas d'autres urgences dans l'actu, vous croyez ? Vous devriez regarder les infos… » Soit. Je vous entends, chère électrice (et électeur). On vous demande déjà beaucoup, prélèvements à la source, cotisation retraite, 80 km/h sur la départementale, et vous avez, dans l'immédiat, d'autres chats à fouetter, d'autres dons à faire que celui de votre temps, le plus précieux de tous.

Pardonnez-moi alors de vous avoir dérangés pour une cause incongrue et qui semble déjà jugée. L'esprit de l'escalier dont je souffre et dont se nourrit la littérature ne mérite sans doute de votre part qu'un « passons aux choses sérieuses ». De fait, j'aurais dû saisir plus tôt que ce qui nous plaît le plus ne fait pas appel à notre part la plus noble. La peur n'est pas qu'une mauvaise conseillère, et j'ai parfois peur, je l'avoue, qu'il n'y ait plus demain qu'une seule France, avec des groupies tenant lieu de militants, avec soixante millions de Fabrice rivés à leur smartphone, guettant les *lol* et les *like*, fonçant sur le trottoir tête baissée, et se cognant les uns contre les autres sans un mot d'excuse. Soixante millions d'originaux pavloviens, débitant les mêmes éléments de langage et répondant aux mêmes stimuli. Soixante millions de flambards revenant de Waterloo le sourire aux lèvres, pour avoir passé un bon moment avec la vivandière. Je n'ai rien contre les bons moments, entendons-nous, mais vous m'accorderez que lutiner la cantinière, soit, à tout prendre, si elle y consent, mais enfin, cela ne fait pas une vie.

Admettez qu'à force de bomber le torse devant la glace, chacun dans son coin, nous avions un peu trop stendhalisé, et qu'on pourrait maintenant hugoliser un peu. En se rappelant qu'il y a deux arts d'être français, et que ceux qui l'auraient oublié auraient tort de négliger la chance que nous avons d'avoir deux options au menu, bocage ou grand large, fromage ou dessert. Et qu'il serait assez triste de n'avoir plus que de la Vache-qui-rit dans le garde-manger.

Cela nous fut dit quelquefois : la France n'est grande que lorsqu'elle l'est pour tous les peuples. Ce qui ne veut pas dire, pour sûr, chasser Mgr Myriel, l'évêque de Digne, pour s'en tenir à Jean Valjean, le forçat évadé, mais rendre au coteau ce qui est du pré carré et au balcon sur mer ce qui est de l'océan. Voyez Paris. La Ville Lumière est assez généreuse pour offrir un parvis de cathédrale à ceux qui croient dans la Sainte Vierge et une place de la République à ceux qui croient en l'Avenir. Aucun des deux points de ralliement n'empêche l'autre de vivre sa vie, sur le registre qui fait son charme. Et pouvoir aller de l'un à l'autre est un privilège et un bonheur.

Je sais bien. « La terre ne ment pas », cette lourde mémoire ne se congédie pas par un bulletin de vote ou un coup de gueule. Une hérédité n'est pas une fatalité, et on peut toujours suivre sa pente en la remontant. Nous ne sommes pas condamnés à cette posture d'ironie élégante et blasée qui n'a rien d'une appellation d'origine contrôlée. Il y a de la place, dans l'Hexagone, pour des hymnes et des chœurs, et pas seulement pour des violons solo. Si on en perd la nostalgie, on en perdra aussi l'envie. Se souvenir que cela a été, c'est faire que cela puisse être encore. Et qu'il n'y a pas lieu de prendre le deuil.

Stendhal, brillant second, mais Hugo tête de liste et dans nos cœurs, ce ne serait pas une mauvaise façon de reprendre le collier et tirer vers le haut.

Il va falloir se retrousser les manches.

Boutigny-sur-Opton, avril 2019.

Composition : Soft Office
Achevé d'imprimer
par Normandie Roto Impression s.a.s.
61250 Lonrai, en août 2019
Dépôt légal : août 2019
Numéro d'imprimeur : 1903578

ISBN : 978-2-07-285334-0 / Imprimé en France.

354492